도시에 사막이 들어온 날

도시에 사막이 들어온 날

LE JOUR OÙ LE DÉSERT EST ENTRÉ DANS LA VILLE

한국화 소설집

— 김주경 옮김

비채

꿈을 꾸었네

너와 내가 만든 모든 것들이 다

모두 불타 없어져버렸네

눈을 감았네

널 품에 안고

너는 내게 말했었지

우린 너무 일그러졌어

조월, '온도시가불타는꿈'

LE JOUR OÙ LE DÉSERT EST ENTRÉ DANS LA VILLE

차례

Luoes

루오에스

아무도 모른다. 사막이 어떻게 도시로 들어왔는지. 알고 있는 건, 전에는 도시가 사막이 아니었다는 것뿐이다.

사막이 들어온 건 언제쯤으로 거슬러가야 할까?

어떤 사람은 자기가 태어나기도 전의 일이라고 말했다. 또 어떤 사람은 강가에 신기루가 나타난 이후라고 했고, 또 다른 사람은 자기 이웃이 죽은 후라고 했다. 자기집이 무너진 후라는 사람과 도시의 제일 유명한 기념물이 세워지기 전이라는 사람도 있었다. 누군가에겐 인근 도시를 휩쓴 폭풍이 지나간 후였고, 또 다른 누군가에겐 방사

능비가 내린 후였다. 그 질문을 하면 사람들은 항상 언제 **이전**이거나 언제 **이후**라고 대답하고, 이는 나를 매번 더 어리둥절하게 만든다.

버스 운전사가 승객들에게 창문을 닫아달라고 말한다. 멀리서 반짝이는 그 도시를 흐릿하게 뒤덮은 모래바람이 벌써 눈앞에 보이는 듯하다.

*

아침나절을 가만히 누워서 보냈다. 맨바닥에 놓인 매트리스에 밤의 냉기가 아직 남아 있어 몸이 점점 더 뻣뻣해졌다. 비행기 모양의 구름 한 점이 창틀을 가로질렀다. 어쩌면 페니스 모양에 더 가까울지도 모르겠다. 나는 특별히 하는 일 없이 하늘을 표류하는 구름처럼 시간이 그냥 흘러가게 내버려두었다.

　방에 걸린 벽시계의 작은 바늘이 한 시를 가리켰다. 바늘이 점점 길어지더니, 유리판을 뚫고 천천히 나를 향해 다가왔다. 그러다가 이마 바로 앞까지 도달했을 때에야 멈춰 섰다. 나는 있는 힘을 다해 얼굴을 찡그리고 바늘을 뚫어지게 노려봤다.

　그곳에 가지 않겠다고 다짐했다. 오늘도, 내일도. 절대로. 일주일의 마지막 저녁 식사를 빅맥 메뉴로 때우는 그 절망스러운 얼굴들을 더는 보지 않을 참이다. 그러면 매니저는 튀김 냄새 속에 파묻혀 열 시간을 일하고 나온 내게 그 대가로 공짜 햄버거 따위나 내미는 짓도 더는 못할 테고, 나도 그런 그에게 더는 고맙다고 말하지 않아도 될 것이다. 그동안 내 피부를 갉아먹던 '자벨수'로 화장실 변기를 청소하는 짓거리도 이제 더는 안 할 것이다. 이런 일도, 또 다른 어떤 일도……. 바늘에게 부탁했다. 제발 다시 시계 안으로 들어가라고. 제발 날 가만히 내버려두라고. 지금부터 영원히.

탁!

시곗바늘이 눈금만큼 앞으로 나아갔다. 내가 이겼다.

언제부턴가 방 한구석에 바짝 마른 커다란 꽃다발 하나가 놓여 있었다. 장미, 백합, 수국에 해바라기까지. 엄마가 졸업식 때 안겨준 꽃다발이다. 엄마는 나를, 나의 성취를 자랑스러워했다. 그날 찍은 사진들 속 엄마의 얼굴은 기쁨으로 환하게 빛난다. 그 바로 옆엔 거대한 꽃다발 뒤에 숨으려 기를 쓰는 내가 있다.

앞으로 필요할 모든 것들을 가방 안에 쓸어 넣었다. 책장 위에 쌓여 있는 책들도 쓱 훑어봤지만 한 권도 꺼내진 않았다. 나는 꽃다발을 갖고 나가 제일 먼저 눈에 띈 쓰레기통에 버렸다.

*

루오에스Luoes에 오신 것을 환영합니다.

　작은 스피커에서 조잡하게 울려 퍼지는 클래식 음악에 미리 녹음해둔 인사말이 포개진다. 버스가 루오에스에 도착했다. 버스 터미널은 서로 밀집된 거대한 벙커 집합체 같다. 긴 플랫폼에 누군가를 기다리는 사람은 한 명도 보이지 않는다. 버스가 정차하기도 전에 승객들이 벌써 문 앞에 줄을 서기 시작했다. 버스 안에 승객이 이만큼이나 있었는지 몰랐다. 타고 오는 내내 차 안이 기이하리만큼 조용해서, 운전기사와 나밖에 없는 줄 알았다. 낯설고도 숨 막히는 고요함. 삶에서 죽음으로 건너가는 일이 만약 버스 안에서 이뤄진다면 아마 이 여행 같지 않을까 싶다. 어디가 더 단조로운지 구별할 수 없는 풍경들의 행진, 아주 매끄러워서 작은 진동조차 느껴지지 않는 도로, 한 치의 오차도 없는 경로……. 그리고 어떤 소음도, 심지어 속삭이는 소리조차 없었던 차내.

　내리려고 짐을 챙기는데 갑자기 뭔가 중요한 걸 잃어버린 듯 찜찜한 기분이 든다. 하지만 그게 딱히 무엇인지 모르겠다. 가방을 여러 차례 여닫고, 옷마다 주머니를 뒤

져보고, 좌석 밑과 짐칸도 여러 번 훑어봤지만 여전히 모르겠다. 앞쪽에 서 있는 운전기사가 짜증스러운 눈길로 나를 바라본다. 다른 승객들은 벌써 모두 내렸다. 결국 나도 쫓기듯 버스에서 내리지만, 뭔가를 남겨두고 온 듯한 떨떠름한 기분을 떨칠 수 없다.

플랫폼을 따라 텅 빈 버스들이 초라한 불빛 아래 줄지어 늘어서 있다. 시멘트의 서늘한 기운이 즉시 나를 엄습한다. 벽에는 지하 3층이라는 글자가 반쯤 지워진 채 적혀 있다. 어디에도 엘리베이터가 보이지 않아 비상계단 쪽으로 향한다. 계단으로 들어서는 순간 퀴퀴한 냄새가 난다. 층계를 밟는 내 발소리가 증폭되어 울린다.

대합실 안의 여행객들은 일정한 간격을 두고 설치된 텔레비전에 사로잡혀 있다. 어떤 이들은 뉴스를, 어떤 이들은 미국 드라마를, 또 어떤 이들은 크리켓이나 야구 게임을 시청 중이다. 텔레비전마다 볼륨이 최대치에 맞춰져 있어서, 안 그래도 주변 소음에 파묻힌 내겐 알아들을 수 없는 고성과 단편적인 문장밖엔 들리지 않는다. 나는 동물 다큐멘터리 영상 앞에 잠시 멈춰 섰다. 화면에 나타난 동물들과 그 주변 환경 사이엔 확실히 유사점이 있다. 이구아나의 가죽은 그들이 누워서 뒹구는 바위만큼 단단해 보이고, 대벌레는 나뭇가지들 사이에 감쪽같이 섞였으며, 진흙 속 두꺼비는 전혀 눈에 띄지 않고, 또 해마는 주변 해저 식물과 거의 구별되지 않는다. 내 주변 사람들은 그 이미지들을 넋 놓고 바라보고 있다. 나는 이 도시, 루오에스에 대한 실마리를 찾기 위해 그들 한 사람 한 사람을 관찰한다. 하지만 여행자와 이곳 주민은 구별되지 않는다. 하나같이 창백한 안색에 눈빛이 텅 비어 있는 데다 몸짓이나 손짓도 거의 없어 무미건조하다. 나는 그들에게서 어떤 것도 추론해낼 수 없다.

천장에 저만치 홀로 떨어진 전구 하나가 눈에 띈다. 푸르스름한 빛이 왠지 마음에 걸린다. 언젠가 영원히 빛을 발하게끔 고안된 전구에 대해 들은 적이 있다. 전구 제

조업자들이 영원히 빛나는 그 전구가 상업화되는 걸 막고자 온갖 노력을 기울였고, 그 결과 단 하나의 전구만이 어딘가에 감춰져 있으며, 문제의 그 전구는 지금껏 백 년 동안 한 번도 멈추지 않고 빛을 내고 있다는 이야기였다. 반면 한정된 수명을 지닌 평범한 전구들은 매번 새것으로 갈아 끼워야 하기에 규칙적인 판매가 가능하다.

　나는 천장에 달린 그 전구를 오랫동안 바라본다. 이유는 알 수 없지만, 그 전구가 꺼지면 왠지 슬플 것 같다.

　점점 숨을 쉬기가 어렵다. 벌써 몇 시간째 신선한 공기를 마시지 못했다. 그런데 출구가 어디지? 텔레비전이 쏟아내는 소리의 물결에 신경 쓰지 않으려고 애쓰면서, 또 여행객들과 벤치와 광고판, 뜨거운 음료 자동판매기와 부딪치지 않도록 조심하면서, 나는 이쪽 끝에서 저쪽 끝으로 대합실을 가로지른다. 하지만 아무리 봐도 쇼핑센터와 사무실로 가득한 빌딩이나 전철역으로 뻗은 통로밖에 보이지 않는다. 과연 이 모든 것에서 벗어날 수 있는 출구가 있기는 한 걸까?

*

결국 지하철을 타기로 마음먹는다. 그러려면 여러 번 에스컬레이터를 타고 플랫폼으로 내려가야 한다. 플랫폼 엔 승객들이 장기 말처럼 나란히 서 있다. 도착한 순서에 따라 다른 사람 뒤에 가서 줄을 서고, 지하철이 와서 멈추 자 한 치의 오차도 없이 걸음을 옮긴다. 나는 그 흐름을 따 라 열차 안으로 밀려 들어간다. 몇 초 후에 열차가 작은 소 음도 내지 않고 다시 출발한다. 유리창 뒤로 콘크리트 벽 들이 규칙적인 리듬으로 획획 지나간다. 승객들은 거의 모 두 핸드폰 화면을 향해 고개를 숙이고 있고, 화면 불빛이 그들의 얼굴을 희미하게 비춘다.

다음 역에서 한 남자가 조심스럽게 열차 안으로 들어 왔다. 그는 검은 비닐봉지가 마치 연약한 동물이라도 되는 듯이 품에 꼭 끌어안고 있다. 주위 사람들을 천천히 살핀

후 그는 쉰 목소리로 승객 모두에게 인사를 한다. 겨우 두세 명의 사람이 대답 없이 고개만 잠깐 들었다 내린다. 그는 전철이 다시 출발하기를 기다렸다가 말을 시작한다.

"하루하루는 오늘처럼 어김없이 찾아오지요. 저는 여러분이 보잘것없는 저와는 비교도 할 수 없을 만큼 모두 훌륭한 사람들이라는 사실을 잘 압니다. 저는 여기, 전철 안에서 여러분과 함께하는 시간을 좋아합니다. 전철 소음이 파도 소리를 생각나게 하거든요. 바닷가에 가본 적은 한 번도 없지만 말이죠. 그래서 저는 흔들리는 열차에 이리저리 몸을 내맡깁니다. 파도에 실려 떠다니는 것처럼요."

이렇게 말하면서 그는 선 채로 오른쪽에서 왼쪽으로, 왼쪽에서 오른쪽으로 몸을 흔든다.

"잿빛의 거대한 파도…… 정말 아름답지 않습니까? 오늘 저는 여러분께 뭔가를 보여드리고자 이 자리에 섰습니다. 매우 귀중한 거죠……. 뭔지 궁금하지 않으세요?"

열차 안에 그의 목소리만 울려 퍼졌다. 나는 그게 뭔지 궁금하지만, 입을 열진 않는다. 다른 승객들은 아무런 동요도 없다. 그 남자는 조심스럽게 비닐봉지를 열더니, 편지 봉투 한 묶음을 꺼내 들고 다시 독백을 이어간다.

"자, 보세요, 바로 이겁니다. 아름다운 편지 봉투들…… 잘 보이시죠? 평범한 봉투가 아닙니다. 백옥처럼 새하얀 봉투죠, 백옥처럼."

나는 그가 들고 있는 봉투들을 주의 깊게 살폈지만 별로 특별한 점은 보이지 않았다.

"이 예쁜 봉투들 말이죠, 이걸 터무니없는 가격으로 여러분에게 드리려고 합니다. 저는 내세울 거라곤 눈곱만치도 없는 사람이지만, 나쁜 사람은 아닙니다. 오늘 이 자리에서 여러분께 좋은 기회를 드리겠습니다. 자, 이것 좀 보세요. 얼마나 아름답습니까. 백옥처럼 새하얀 이 봉투들, 정말 아름답지 않습니까?"

사람들은 꼼짝하지 않고 고개를 숙인 채 핸드폰 화면만 바라본다. 남자는 생기 없는 눈길로 한 사람, 한 사람을 말없이 쳐다본다. 잠시 후, 그의 시선이 한 노인에게 향한다. 유일하게 손에 책을 들고 있는 사람이다.

"실례합니다. 선생님. 읽고 계시는 책이 어떤 책인지 여쭤봐도 될까요?"

노인은 반응 없이 책만 들여다본다.

"아, 성경을 읽고 계시는군요! 저도 한때 읽어보려고 했던 적이 있죠. 끝까지 읽지는 못했지만요. 그래도 한 줄 한 줄 읽을 때마다 눈물을 흘렸었는데…… 감동했거나 두려워서요. 선생님, 실례합니다만, 이 봉투 좀 봐주세요. 백옥처럼 희고 깨끗하고 아름답지 않습니까?"

노인은 말없이 고개를 젓는다.

"선생님, 제 말 좀 들어보세요. 언젠가 선생님에게 틀림없이 이 봉투가 필요한 날이 있을 거예요. 장담합니다. 사랑하는 사람들에게 좋은 소식을 전하고, 또 어떤 이들에겐 나쁜 소식을 전하기 위해서요. 이런 봉투는 오랫동안, 영원히 사용하실 수 있어요. 믿으셔도 됩니다."

다른 사람은 모두 고개를 숙이고 있다. 노인이 눈썹을 찌푸린다. 노인에게 봉투를 팔 수 없다는 걸 깨달은 것 같은데도 남자는 그 앞에서 움직이지 않는다.

갑자기 남자가 노인에게 위압적인 태도로 봉투를 내민다. 노인이 그것들을 뿌리치려 하지만 남자는 완강하다. 그는 차갑고 공격적인 어조로, 자기는 돈을 원하지 않는다고 말한다. 노인은 갑자기 성경책을 탁 덮고 문 쪽으로 가더니, 막 도착한 역에 내려버렸다.

봉투를 가진 남자는 당황한 듯하다. 눈가에 물기가 어린다. 그는 코끝에서 떨어지려는 누런 콧물 방울을 닦으려다 손에 들고 있던 봉투들을 바닥에 떨어뜨렸다. 봉투들이 마치 액체처럼 바닥에 주르르 퍼진다. 그는 무릎을 꿇은 채 때가 새카맣게 낀 손끝으로 한 장 한 장 봉투를 집는다.

바로 그때 안전 요원 두 명이 열차 안에 들어왔다. 그들은 곧장 봉투 파는 남자에게로 향하더니 그를 열차 밖으로 끌어내려 한다. 남자가 고함을 지르며 반항한다. 처음으로 주변 사람들이 고개를 든다. 안전 요원들은 봉투 파는 남자의 두 팔을 등 뒤로 돌려 꼼짝 못 하게 만든 뒤, 그를 열차 밖으로 끌고 나간다. 잠시 후 객차 안의 스피커에서 안전 요원들에게 일이 다 처리되었는지 묻는 기관사의 목소리가 흘러나온다. 안전 요원들이 열차의 앞머리 쪽을 향해 손으로 사인을 보낸다. 봉투 파는 남자는 두 팔을 내려뜨린 채 그들 옆에 서 있다. 문이 닫히고 열차가 출발하자, 승객들은 다시 각자의 핸드폰 화면 속으로 빠져든다.

다음 역에서 새로운 승객들이 열차 안에 오른다. 조금 전에 무슨 일이 일어났는지 알 리 없는 그들은 바닥에 흩어져 있는 봉투들을 밟아 하얀 표면에 무수한 발자국을 남긴다. 나는 슬그머니 몸을 숙여 봉투 하나를 주워 들고, 몇 정거장 후에 내린다.

*

밖에 나오자 루오에스의 유리 고층 빌딩들이 까마득히 먼 곳까지 펼쳐져 있다. 모래가 유리의 주요 성분 중 하나라고 오래전에 누군가가 알려주었지만, 그 작은 황금빛 입자들이 어떻게 저토록 매끄럽고 투명하게 변할 수 있는지 여전히 이해되지 않는다. 고층 빌딩으로 다가가다가,

건물 외벽을 이룬 유리가 불투명한 물질로 덮여 있어서 안을 들여다볼 수 없다는 사실을 깨달았다. 저 안에서는 과연 나를 볼 수 있을까. 어쩌면 저 두꺼운 유리 뒤에는 아무도 없을지 모른다. 유리판은 절대 부서지지 않을 것 같고, 그 위로 비친 어둡고 희미한 내 모습이 이상하게 보인다.

차도 위 자동차들은 천천히 움직이며 귀가 먹먹하도록 끊임없이 경적을 울린다. 자동차 사이로 스쿠터와 오토바이가 위험하게 요리조리 빠져나간다. 오토바이를 탄 사람들은 모두 헬멧을 써서 얼굴을 가렸고, 창문을 열어둔 차는 한 대도 없다.

고층 빌딩들 사이로 황백색의 하늘 한 점만이 겨우 보인다. 거리 사이로 휩쓸려 들어가는 바람에서 모래 냄새가 난다. 눈이 따끔거리고 시선이 뿌예진다. 주위 행인 대부분이 마스크와 선글라스를 착용했다. 길을 물으려고 그중 몇 명에게 다가갔지만 눈길 한 번 주지 않은 채 나를 무시하고 지나간다. 그들끼리만 규칙을 아는 게임에 엉겁결에 끼어든 것 같다.

*

"여기 사람이 아니에요?"

한 남자가 다가왔다. 그가 다가오는지도 모르고 있었던 나는 잠시 망설이다가 사막을 찾고 있다고만 말했다. 그가 슬픈 시선으로 몇 초 동안 내 얼굴을 훑어보더니, 천천히 손을 들어 여러 방향을 손가락으로 가리키며 말한다.

"저기, 그리고 저기…… 여러 곳에 있어요."

그러고는 다른 말은 없이, 모호한 미소를 지으며 가버린다. 난 또다시 눈을 가느다랗게 뜨고서 그가 가리킨 방향들을 바라본다. 하지만 내 눈에 보이는 거라곤 고층 빌딩들과 끝없는 자동차 행렬뿐이다.

바람이 점점 더 세게 분다. 목이 따끔거리고, 귀가 윙윙거린다. 그래도 계속 내 앞으로 뻗은 길을 똑바로 걸어간다. 바람 소리와 끊임없이 울려대는 경적에, 상점마다 매달린 스피커에서 터져 나오는 온갖 종류의 음악들, 아무도 듣는 것 같지 않는 귀를 찢는 듯한 유행가까지 덧붙여진다. 저 너머 멀리서는 웅웅거리는 소리가 위협적으로 들려온다. 꽤 오랜 시간을 걸었을 즈음, 문득 익숙한 간판 하나가 눈에 들어온다. 아무 생각 없이 그곳으로 향한다.

*

계산대의 직원이 커다란 빨간색 모자를 쓰고 있다. 노란 글자로 '해피밀'이라고 쓴 상표가 박힌 모자다. 그녀가 딱딱한 말투로 무엇을 먹겠느냐고 물었다. 단 몇 초 만에 난 그녀를 이미 잘 알고 있는 듯한 기분에 사로잡힌다. 감정이라곤 전혀 없는 표정, 충혈된 눈, 튀김 냄비의 열기로 빨개진 귀……. 주문을 하면서, 내가 일하던 맥도날드 지점과 조금도 다를 바 없는 이곳에서, 비슷한 동료들과 함께 똑같은 유니폼을 입고 일하는 나 자신을 상상해본다. 내 앞의 쟁반에 주문한 것들이 하나씩 채워진다. 직원이 쟁반을 내 앞으로 밀어주고는 다시 주방으로 돌아간다.

나는 한구석에 자리를 잡고 먼저 버거를 한 입 베어

물었다. 쪼그라든 스테이크와 시들어버린 채소, 맛없는 소스로 덮인 빵이 입안에서 뒤섞인다. 이 음식과 이 장소의 냄새가 문득 내가 떠나온 도시를 상기시키고, 일종의 향수가 내 안에 차오른다. 지금 옆 테이블에 앉은 다른 손님들은 거리에서 마주쳤던 무심한 행인들과는 다르다. 이들은 오래된 친구만큼이나 가깝게 느껴진다. 쟁반에 고개를 숙인 채, 빅맥 한 입과 케첩에 찍은 감자튀김 하나를 아주 성실하게 번갈아 씹고, 빨대로 소리를 내면서 음료를 마신다. 루오에스에 온 이후 처음으로 긴장감이 풀어진다. 나도 옆에 앉은 사람들처럼 열심히 버거를 삼킨다.

다 먹은 쟁반을 옆으로 밀어놓고 전철에서 주웠던 봉투를 꺼낸다. 순백의 종이 위에 선명한 발자국이 찍혀 있다. 냅킨으로 닦아봤지만, 발자국은 이미 봉투에 완전히 새겨졌다. 문득 편지를 써야겠다는 생각이 들지만 편지지가 없다. 오래된 볼펜 한 자루만 있을 뿐. 사실 특별히 쓸 이야깃거리도 없고, 편지를 보낼 사람도 없다. 잠시 봉투를 들여다보다가 집 주소를 쓴다. 내가 외우고 있는 유일한 주소. 이 편지 봉투가 나보다 먼저 집에 도착해 나를 기다리겠지. 집에 돌아가면, 이 편지 봉투가 루오에스의 추억이 될 것이다. 텅 빈 추억.

*

일단 배가 부르니, 도시는 조금 전보다 덜 위협적으로 느껴진다. 나는 맥도날드에서 빠져나와 다른 사람들처럼 걸으려, 그들의 리듬에 적응하려 애쓴다. 한 발을 다른 발 앞에 놓고, 두 팔을 쉼 없이 빠르게 규칙적으로 흔들기만 하면 된다. 오른팔이 왼발의 움직임을 따르고, 왼팔이 오른발의 움직임을 따르고, 그렇게 계속하는 것이다. 왼발, 오른팔, 오른발, 왼팔……. 점점 더 빨라진다. 마치 이 도시 어딘가에서 뭔가 긴급한 일이 날 기다린다는 듯이. 하지만 갑자기 들려오는 비명에, 나는 그 자리에 얼어붙었다. 차도 위에 한 남자가 뒤집힌 오토바이 옆에 쓰러져 있다. 난 그 옆에 모여 있는 구경꾼 무리에 합류한다. 남자의 몸이 심히 떨리는 게 보인다.

　　남자를 친 자동차 운전자가 짜증 가득한 표정으로 자동차에서 내린다. 교통 흐름이 완전히 끊기고, 여기저기서 경적이 울린다. 스쿠터와 오토바이를 타고 가던 사람들만 차도에 모인 군중 양옆으로 미끄러지듯 빠져나간다. 그들은 멈추지 않고 성급하게 달린다. 그런데 한 사람이 황급히 오토바이에서 내린다. 바닥에 누워 있는 남자와 똑같은 유니폼을 입은 남자다. 그는 헬멧을 벗은 후 동료 옆에 무릎을 꿇고서 그의 두 어깨를 잡고 흔들어댄다. 그가 몇 단어, 몇 문장을 외치는데 무슨 말인지 알아들을 수 없다. 바닥에 누운 사람이 두 눈을 뜨고 입술을 움직이려 애쓴다. 그의 동료가 쓰러진 남자의 귀 뒤에 휴지 몇 장을 갖다 대자 피가 한 줄기 흘러내리며 순식간에 휴지를 붉게 물들인다. 갑자기 그의 떨림이 멈추더니 축 늘어진다. 마치 지금 이곳의 사고와 더는 아무 연관이 없는 것처럼. 동료가 다시 흔들어 깨워보지만 그의 몸은 움직이지 않는다. 동료는 몸을 숙이고 그의 귀에 뭐라고 속삭이더니 벌떡 일어나서

자기 오토바이로 돌아간다. 나는 쓰러진 남자의 동료가 다시 헬멧을 쓰고 움직이지 않는 남자의 몸을 잠깐 바라보다가 질풍처럼 달려가는 모습을 바라본다.

내가 목격한 게 실제 상황인지 믿어지지 않는다. 영화 속에 들어온 기분이다. 아스팔트, 자동차, 고층 빌딩…… 이 모든 게 갑자기 낯설어 보인다. 구경꾼 무리에서 떨어져 나와, 다시 조금 전처럼 리듬에 따라 걷기 시작한다. 왼발, 오른팔, 오른발, 왼팔……. 멀리서 구급차 사이렌 소리가 들려온다. 사고로 인한 혼잡이 구급차의 진로를 방해하는 것 같다. 바닥에 누워 있던 남자와 그 옆에 피로 이루어진 웅덩이가 머릿속에 떠오른다. 웅덩이는 더도 덜도 아니고, 딱 영화에서 보던 것 같은 붉은색이었다. 남자가 아직 살아 있을까 생각해본다. 그리고 또 생각한다. 만일 죽지 않는다면, 그는 다시 배달 일을 할 테고, 피자나 닭 날개를 제시간에 배달하기 위해 또다시 자동차 사이를 지그재그로 빠져나갈 테고, 그리고 아마 또 다른 사고, 어쩌면 오늘

보다 더 큰 사고를 당할지도 모른다고. 살아남는 게 항상
더 나은 해결책은 아니다.

*

그런데 사막은 어디 있는 걸까? 어딘가에 숨어 있는
걸까? 정말 존재하기는 할까?

쓰러질 듯이 피곤한데도 걷고 또 걷는다. 맥도날드에
서 마셨던 탄산음료가 방광을 압박하는 동시에 벌써 목이
말라온다.

문도 창문도 없는 잿빛의 높은 벽을 따라 걷다보니 어
느 병원 입구에 이르렀다. 안에선 환자들이 작은 정원에서
담배를 피우기도 하고, 산책로를 걷기도 한다. 몇몇은 휠
체어를 탔고, 몇몇은 목발을 짚거나 수액 거치대를 잡고
있다. 그들의 시선에 무기력한 나른함이 엿보인다. 병원의
담 안으로 들어선 순간 사람들 대부분이 내 쪽으로 고개를
돌리고는 경계하는 눈초리로 나를 아래위로 훑어본다. 내

가 자기들처럼 아프지 않아서 화가 난 걸지도 모른다. 나는 정원을 가로질러 큰 걸음으로 병원 건물 쪽으로 향하면서 걱정으로 가득한 표정을 지으려 애쓴다. 그런데 어디에도 화장실이 보이지 않는다. 마침 안내대의 두 직원이 고개를 숙이고 있어서, 눈에 띄지 않게 빠르게 걸어 엘리베이터 안으로 들어갔다. 금속 난간에 살짝 스치는 순간, 방광에 더 큰 압박이 느껴진다.

나는 무턱대고 아무 버튼이나 누른다. 잠시 후 승강기 문이 열리고, 아무도 없이 황량한, 긴 복도가 나타났다. 네온 형광등에 비친 복도 바닥이 반질반질하게 윤이 나고, 번호가 붙은 병실들이 복도 양쪽에 죽 이어져 있다. 제일 안쪽에 화장실 팻말이 보인다. 나는 소리 내지 않으려고 최대한 조심하며 복도를 걷는다. 조금씩 열려 있는 병실 문틈 사이로 텔레비전 소리가 새어 나온다. 드디어 볼일을 보고, 수도꼭지에서 물을 받아 몇 모금 마신 뒤, 얼굴에 물을 적신다. 하지만 시원한 물도 바람과 모래로 따끔거리는 내 피부의 일부만 겨우 진정시켜줄 뿐이다.

화장실에서 나오자 몇 미터 떨어진 곳에 기대어 서 있는 환자복 차림의 여자 한 명이 보인다. 그녀는 내가 지나가자 소스라치게 놀라 질겁한 표정으로 나를 바라본다. 그녀가 손에 들고 있던 작은 플라스틱 컵이 떨어져서 내용물이 바닥에 주르르 쏟아졌다. 투명한 젤리처럼 끈적한 액체. 놀라게 해서 미안하다는 사과를 할 틈도 없이, 그녀가 별안간 기어가는 자세로 바닥에 엎드리더니 젤리 같은 액체를 두 손으로 쓸어 담아 얼굴을 바짝 대고 핥기 시작했다. 분홍빛 혀가 액체 표면 위에서 날름날름 재빠르게 움직인다. 마치 고양이가 혀로 핥아먹는 것 같다. 별안간 그녀는 아예 입술을 바닥에 붙이고 쭉 하는 소리까지 내면서 그 끈적한 액체를 흡입한다. 나는 놀라서 입을 벌린 채로 그녀가 일어설 때까지 멍하니 바라만 본다. 바닥은 완벽하게 깨끗해졌다. 그 여자는 내 존재를 잊은 듯, 벽에 걸린 소독젤 분사기 쪽으로 몸을 돌리더니 능숙하게 버튼을 눌러 다시 컵을 채운다. 컵은 몇 초 만에 넘치기 직전까지 가득 찬다. 그녀는 컵을 천천히 들어 입으로 가져가서는 단숨에 마셔버린다. 그러고는 다시 한번 컵을 가득 채우고 나를 향해 내민다.

　알코올에 상해 안색이 누르퉁퉁한 그녀를 바라본다. 두 눈이 야수의 것처럼 번쩍인다. 그녀는 말 한마디 없이, 내가 어떻게 해야 할지 보여준다. 컵을 입으로 가져가서는 입술을 반쯤 벌리고 고개를 뒤로 젖힌 것이다. 소독젤 냄새가 나를 마비시킨다. 그때 갑자기 엘리베이터 쪽에서 소리가 났고, 여자는 들고 있던 컵을 내 손에 재빨리 쥐여주곤 자기 병실로 사라졌다. 엘리베이터에서 간호사가 주사기와 약으로 가득 찬 수레를 밀면서 나온다. 난 아무 생각없이 컵 속의 내용물을 꿀꺽꿀꺽 들이켠다. 간호사가 미심쩍은 표정으로 나를 바라본다. 내가 여기 있는 이유를 물어볼까 말까 망설이는 듯하다. 나는 고개를 숙이고 황급히 엘리베이터를 탄다. 일단 엘리베이터 안에 들어가 문이 닫히자 컵을 구석에 내려놓았다. 젤이 목구멍 안으로 천천히 흘러든다.

*

사막…….

아마도 사막은 이미 이곳에 있는 것 같다. 도시 중심부, 저 소박한 철책 뒤에……. 나는 주변의 소란 속으로 구불거리며 슬며시 사라지는 사막을 응시한다. 다른 모래언덕들보다 조금 높이 솟은 모래언덕 하나가 기울어가는 햇빛 아래 반짝거린다.

두 발이 모래 속에 푹푹 빠진다. 앞으로 나아가는 것이 무척 힘들지만, 발밑에서 모래가 푹푹 꺼지는 그 느낌이 마음에 든다. 20미터쯤 갔을 때, 쓰러지듯이 주저앉아 모래 위에 등을 대고 누웠다. 모래의 부드러움과 열기에 마음이 편안해진다. 노을빛이 깔린 하늘에 구름 몇 조각이 지나간다. 그중 하나는 비행기 모양이다. 어쩌면 페니스 모양에 더 가까울지도 모르겠다. 솜털로 뒤덮인, 가장자리가 반짝이는 핑크빛 페니스.

굵은 남자 목소리가 나를 깨운다.

"어이, 이봐요!"

나는 눈꺼풀을 움직이지 않은 채 눈썹만 찡그린다. 일어나고 싶은 생각이 조금도 들지 않는다. 어쨌든 지금은 아니다. 아직은.

"이봐요, 일어나요. 여기서 잠들면 안 돼요!"

누군가 내 어깨를 흔들고, 어쩔 수 없이 나는 눈을 뜬다. 아침이다. 차갑고 축축한 모래가 느껴진다. 삽을 든 노동자들이 근심스러운 표정으로 나를 내려다보고 있다.

Neige

눈송이

Neige

눈을 뜬다. 이제 막 하루가 시작되려는 순간, 밤에 꿨던 꿈과 어제 일어났던 일들이 아직도 나를 둘러싸고서 영점零點에서 다시 시작하려는 나를 방해한다. 머릿속이 뒤죽박죽이다. 알람은 아직 울리지 않았다. 이불 속에 몸을 웅크린 채 핸드폰을 잡기 위해 손을 뻗는다. 차가운 공기가 즉시 팔에 들러붙는다. 핸드폰 화면에 나타난 시간을 보고 피곤을 떨쳐내려 기지개를 쭉 켜보지만 효과가 없다. 무엇이 날 깨웠을까 생각해본다. 방 안의 냉기는 평소보다 더 매서운 것 같고, 나는 아직 새로운 하루를 맞을 준비가 되

41

지 않았다. 다시 몸을 웅크리며 침대 안에 남은 약간의 온기를 음미한다.

또다시 핸드폰을 켠다. 불빛에 눈이 부셨지만 곧 익숙해진다. 화면을 가볍게 터치해 오늘의 뉴스들을 넘긴다. 한 지인이 고양이들의 언어에 관심을 두기 시작했다는 이야기, 다른 지인이 어느 정치가를 증오한다는 이야기, 누군가 모스크바 공항에서 입국을 저지당했다는 이야기, 어느 유명인이 암에 걸려 죽었다는 이야기, 아무개가 월세가 싼 아파트를 찾고 있다는 이야기, 한 아이가 장난감이 목에 걸려 질식했다는 이야기, 국수에 버섯을 넣어 먹었다는 이야기, 어떤 책의 인용문이 강한 인상을 주었다는 이야기……. 그리고 이 모든 정보 가운데 유독 주의를 끄는 사진 한 장이 있다. 그녀다. 얇은 원피스를 입고 미소 띤 얼굴로 카메라 혹은 사진 찍는 사람을 바라보고 있다. 여름 햇살이 그녀의 이마를 비춘다. 멋진 사진이다. 원피스를 입고 햇빛 아래 서 있는 모습이 아름답다.

엄지를 살짝 움직여 다시 새로운 소식들을 넘긴다. 또

다른 에피소드와 광고, 사진이 줄줄이 이어지다가 느닷없이 그녀가 또 나타난다. 새로운 사진 속의 그녀는 대학 다닐 때 알고 지냈던 어떤 여자애와 함께 포즈를 취하고 있다. 아무 생각 없이 그 사진에 손가락을 갖다 댄다.

　…

　세 개의 점으로 표시된 말줄임표. 그것뿐, 다른 설명은 없다. 사진 밑에 열여섯 명이 '좋아요'를 눌렀고, 열두 명이 댓글을 달았다. 그중 하나를 읽고 또 다른 댓글 하나를 읽다가, 깨닫는다. 그녀가 죽었다는 사실을.

　　　　　　　　*

　그 여름에 난 작은 레스토랑에서 서빙을 하고 있었다. 가끔 손님들이 여름방학 때 휴가를 떠날 거냐고 묻곤 했다. 그때마다 나는 어깨를 으쓱했다. 정말로 궁금해서 묻는 게 아니라, 오히려 자기들의 그 대단한 바캉스 계획을 말하기 위해 꺼낸 구실일 뿐이었으니까. 매해 여름, 레스

토랑이 휴가를 맞아 문을 닫는 동안에도 나에게는 특별한
계획이 없었다. 바캉스를 떠날 돈도 없었거니와, 이 새로
운 나라에 적응하기 바빴다. 나는 손님들의 바캉스 계획을
참을성 있게 들으며 고개를 끄덕였다.

   십 년째 이 레스토랑을 운영 중인 주인이 이십 년 전
처음 이 나라에 왔던 이유는 영화를 공부하기 위해서였다.
그는 레스토랑 분위기와 전혀 어울리지 않는 누벨바그 영
화 포스터들을 사방 벽에 붙여놓았다. 한두 번 영화에 관
해 이야기를 나눴는데, 그때 그는 레스토랑을 맡고부터 거
의 영화를 보지 못했노라고 털어놓았다. 그렇다고 별로 아
쉬워하는 것 같지는 않았다. 그의 인생에서 영화가 차지할
자리는 더는 없을 뿐이라고 생각했다.

   나 역시 영화 공부를 했다는 말은 그에게 한 번도 하
지 않았다. 그의 여정과 내 여정 사이에 공통점을 만들고
싶지 않았다. 생활비를 버느라 언젠가 내 계획을 포기해야
할지도 모른다는 생각이 나를 의기소침하게 만들곤 했다.
그런 감정과는 별개로 나는 우리 사장을 좋아했다. 그는

규칙적으로 머리를 밀었고, 미소를 지을 때면 얼굴이 아주 동그래졌다. 종종 손님들과 농담을 주고받으며 유쾌하게 웃는 사람이었다.

우리나라의 요리를 서빙하는 식당에서 나처럼 이국으로 떠나온 사람과 함께 일한다는 생각에 마음이 편치는 않았지만 나는 그 사실을 떠올리지 않으려고 애썼다. 나는 오직 일에, 생활비를 벌어야 한다는 내 현실에 집중했다.

나는 일주일에 여러 번 어학원에도 다녔다. 이 나라의 언어를 특별히 더 잘하고 싶은 생각은 없었지만, 학생 신분을 유지하면 별 어려움 없이 체류 허가증을 취득할 기회가 주어졌기 때문이었다. 우리 반 학생 대부분은 이미 앞날에 대해 제법 구체적인 계획을 가지고 있어서 의욕이 넘쳐났다. 반면 나는 왜 이 나라에 오게 되었느냐는 질문에 어떻게 대답해야 할지 몰랐다. 난 어떤 구체적인 목표를 가지고 온 게 아니었다. 단지 내게 주어진 의무들을 피하고자, 그곳에 있다가는 내가 되고 싶지 않은 유형의 사

람이 될까 봐 떠나왔을 뿐이다. 내가 떠나온 땅의 사람들
은 나를 도망자로 취급했지만 이곳에서 나는 그냥 이방인
일 뿐이다. 내가 보기엔 도망자라는 꼬리표도, 이방인이라
는 꼬리표도 내 상태에 정확히 들어맞지는 않았다. 어쨌거
나 여기서만큼은 상대가 누구이든 간에 다른 사람의 뜻이
나 강요에 더는 따르지 않아도 되었다. 나는 이곳에서 훨
씬 자유로웠지만, 동시에 이 자유는 고통스럽기도 했다.

어학원에서는 이 나라에 쉽게 열광하는 학생들을 강
사들이 종종 비웃곤 했다. 이 나라의 아름다움이나 이 언
어의 조화로운 억양에 몇몇 학생들이 감탄하면, 강사들은
학생들이 이 언어와 이 나라의 진짜 모습에 대해 정말 아
무것도 모른다고 생각하는지 거만한 태도로 묘한 미소를
짓곤 했다. 그런 기만적인 미소를 볼 때마다 이 나라 언어
가 역겨웠지만, 그럼에도 나는 그들이 가르치는 단어들을
최대한 잘 발음하기 위해서 입 모양을 열심히 따라 했다.

수업 초기에 내 이름은 강사 대부분을 당황하게 했다.
예의를 갖춰서 묻는 강사들도 있었다. 정확한 발음이 어떻

게 되느냐고. 나는 각 음절을 하나하나 정성스럽게 발음했지만, 단 한 명도 정확하게 발음하지 못했다. 당시에 내 이름을 얼마나 되풀이하고 또 되풀이했던지, 내 이름이 나와 분리된 느낌마저 들 때도 있었다. 마치 아무 의미 없는 단어인 것처럼, 마치 '나'라는 존재와 관계없는 어떤 소리가 되어버린 것처럼.

레스토랑이나 어학원에 가지 않을 때는 대부분 집에 있었다. 책 몇 페이지를 뒤적거리다가 금세 잠에 빠지곤 했다. 그런데도 항상 배가 고팠다. 끊임없이 먹을 것을 생각했다. 레스토랑에서 일하게 된 후로 나는 옹색한 원룸에서는 요리하지 않으려 했기에, 냄새가 거의 나지 않는 차가운 음식만 먹었다. 빵, 가공치즈, 아보카도, 사과, 당근, 초콜릿, 그리고 비스킷. 뭔가 따뜻한 게 먹고 싶을 땐 차나 뜨거운 물을 마셨다. 이런 식단이 나를 점점 더 욕구불만에 빠지게 했다. 냄새도 없는 차가운 음식을 씹고 삼키면 좀 더 뜨거운 음식과 좀 더 강렬한 맛의 음식이 떠올랐다.

이 모순이 나를 갉아먹었다.

이런 무의미한 일상이 영원히 계속될 수도 있겠다고 생각했다. 그런데 여느 때와 다름없던 어느 날, 그녀로부터 문자 메시지를 받았다. 자기가 지금 이 나라에 잠시 머무르기 위해 준비 중인데, 그때 얼굴 좀 보자고. 이 메시지 이전의 마지막 대화는 내가 출국할 무렵이다. 당시에 그녀는 몸조심하라고, 행운을 빈다고 했다. 나는 그때 답장하지 않았다. 이번에도 나는 오랫동안 망설였고, 몇 차례 메시지를 작성했다가 지웠다. 그러다 결국 우리 집 근처에 있는 한 카페에서 만나자는 약속을 하고 말았다.

약속이 있던 그날 저녁, 태양이 지평선에서 늦장을 부리면서 행인들 뒤로 붉고 긴 그림자를 그리고 있었다. 카페 테라스에 앉은 사람들이 기쁘고 들뜬 표정으로 곧 가게 될 여행지 이야기를 하고 있었다. 내가 일하는 레스토랑의 손님들과 조금도 다르지 않은 모습이었다. 어느 바다로 간다느니, 어떤 산으로 정했다느니, 어떤 외진 숲에서 지

낼 거라느니……. 계속해서 이어지는 대화 중간중간에 웃음이 터져 나오고 친숙한 손짓과 몸짓도 끼어들었다. 나는 이런 과시적인 활력이 보기 괴로웠다. 사람들이 연극 무대에서 각자의 역할을 충실히 연기하는 배우들 같았다.

나는 연이어 담배를 피웠다. 신경이 곤두서 있었다. 온종일 이 순간을 생각했고, 다른 어떤 것에도 집중이 되지 않았다. 그녀와의 약속, 무더위, 그리고 내가 외국 땅이 도시 안에 있다는 사실, 모든 게 내겐 비현실적으로 느껴졌다. 과거를 뒤에 남기고 왔다고 생각했는데 느닷없이 그 과거가 불쑥 튀어나온 것이다. 내가 나고 자란 도시, 내가 다니던 대학교, 나의 옛 친구들, 여름이면 우리 동네에 떠돌던 냄새……. 그리고 일 년 중 이맘때면 내 목을 조르던 우울감. 이 모든 게 그녀의 방문과 함께 다시 나타났다.

그녀가 커다란 가방을 등에 메고 골목 끝에 나타났다. 일어나서 손을 흔들었지만 나를 금방 알아보지 못했다. 그녀의 머리카락이 석양빛 속에서 반짝거렸다. 마침내 나를 알아본 그녀는 우리가 마치 어제 보고 또 보는 것처럼 자연스러운 미소를 지었다. 그때 내가 화답한 미소는 어떻게 비쳤을까.

*

　대학교에서 우리는 수업을 몇 개 함께 듣기는 했지만, 그 밖의 별다른 접점은 없었다. 그녀는 모든 사람과 잘 지내는 듯이 보였고, 반면 나는 조금 외따로 떨어져 지내는 경향이 있었다. 어쩌다 복도나 저녁 자리에서 마주칠 때면 그저 안녕이라고 인사를 하는 게 전부였다.

　그러던 어느 겨울밤, 학교 지하실에 있는 필름 편집실에서 둘이 밤을 보낸 적이 있었다. 하얀 벽으로 둘러싸인, 축축하고 춥고 음산한 방이었다. 그 방에 대한 약간 황당한 소문이 학교에 떠돌고 있었다. 천장 한구석에 유령이 웅크린 채 붙어 있다는 이야기였다. 문이 저절로 열리고 닫힌다거나, 그 지하실 공간이 편집하는 영상에 영향을 미친다고 주장하는 학생들도 있었다. 특정 장면에 하얀 얼룩

들이 나타난다고. 물론 그런 이야기를 진지하게 받아들인 사람은 없었지만, 그렇다고 그 이야기에 정말로 무관심한 사람도 없었을 것이다.

당시에 나는 결혼식 비디오들을 만들고 있었다. 무거운 카메라를 어깨에 메고 몇 시간씩 서서 그 지겨운 예식들을 견뎌야 했지만, 수입이 꽤 괜찮았다. 내 주위에서 사람들은 노래를 부르고, 웃고, 혹은 감동해서 울기도 했다. 반면에 난 영상을 찍으면서 카메라가 흔들리지 않도록 무진 애를 써야 했다. 아마도 난 결혼 예식 동안 계속 얼굴을 찌푸린 유일한 사람이었을 것이다.

그 겨울밤, 나는 주말에 찍은 영상을 편집하고 있었다. 그날은 온종일 유난히 추웠던 데다, 다른 학생들은 이미 다 학교를 떠난 뒤였다. 다음 날 아침까지 편집을 끝내야 하는 상황만 아니었다면 나도 거기 남아 있지 않았을 것이다. 영상 속 젊은 신랑 신부는 멋진 드레스와 양복을 입고 끊임없이 미소를 짓고 있었다. 그들은 나와는 완전히 다른 세상에 사는 사람들처럼 보였다.

그런데 한창 작업 중이던 어느 순간 이유 없이 컴퓨터가 꺼지고 말았다. 재부팅을 했을 때는 그때까지 했던 작업이 모두 날아가고 없었다. 그제야 내가 탈진하기 직전이었다는 사실을 깨달았다. 그전까지는 편집에 집중하고 있어서 피로를 모르고 있다가 사고가 터지자 그나마 있던 에너지가 완전히 빠져나간 것이다. 나는 멍하니 앉아 의자를 빙글빙글 회전시켰다. 하얀 벽과 영상 속 다채로운 색깔들이 빙빙 돌면서 서로 뒤섞였다. 그러는 중에 별안간 문이 열리는 소리가 들렸는데 의자가 계속 돌고 있어서 문 쪽으로 얼른 시선이 가지 않았고, 의자가 멈췄을 때는 다시 문이 닫힌 상태였다. 급히 문을 열었으나 아무도 보이지 않았다. 갑자기 방이 평소보다 더 조용하게 느껴졌고 벽도 평소보다 더 새하얘 보였다. 순간 친구들이 말하던 유령 이야기가 떠올랐고, 당장 집으로 돌아가는 게 낫겠다는 생각이 들었다. 바로 그때 누군가 문을 두드렸다. 누구냐고 물었지만 대답이 없었다. 난 잠깐 망설이다가 숨을 죽인 채 문을 열었다.

그녀였다. 양손에 머그컵을 들고 있는 그녀의 얼굴 앞으로 모락모락 김이 피어올랐다. 그녀는 컵 하나를 내게 내밀고는 컴퓨터 앞에 가서 앉았다. 컵의 온기가 두려움을 쫓아버렸다. 내가 그렇게 순식간에 겁에 질렸다는 게 부끄러웠다. 나는 다시 내 자리로 돌아가 조금씩 홀짝거리며 차를 마셨다. 오렌지 향기가 났다.

나는 곁눈질로 그녀의 컴퓨터 화면을 보았다. 이미지들이 이어졌다. 보도 틈 사이로 자라난 식물들과 역광을 받은 나뭇잎, 잔잔히 물결치는 수면, 땅에 떨어진 솔방울, 얼기설기 얽혀 있는 전선들, 황혼의 하늘⋯⋯.

그날 밤 우리는 편집실에서 각자 컴퓨터 앞에 앉아 꼬박 밤을 새웠다. 우리는 두 잔의 차를 더 마셨고, 비스킷 한 봉지를 나눠 먹었고, 담배 몇 개비를 함께 피웠다. 그녀는 나보다 작업을 일찍 끝냈지만 별다른 말없이 나를 기다려줬다. 우리 둘은 새벽녘이 되어서야 녹초가 된 몸으로 편집실에서 나왔다.

밖에 나오니 새하얀 풍경이 눈앞에 펼쳐져 있었다.

땅, 하늘, 나무들, 자동차들, 가로등, 전선, 벤치, 광고판까지 모두 새하얬다. 심지어 소음마저 새하얬고, 침묵도 새하얬다. 우리는 얼마간 입을 열지 않았다. 그러다 조심스러운 걸음걸이로 눈 위를 걷기 시작했다. 방금 내린 듯한 눈이 부드럽게 사박거렸다. 몇 미터 걸어간 후에 우린 짧게 눈길을 주고받았고, 약속이나 한 듯이 눈싸움을 하기 시작했다. 코트와 바지와 얼굴 위에서 눈 뭉치가 부서지면서 그 하얀 풍경 속에 우리도 서서히 녹아 들어갔다. 눈 때문에 터져 나오는 우리 둘의 웃음소리 외엔 아무것도 들리지 않았다.

*

그녀가 내 테이블에 다가와서 조금도 주저하지 않고 내 이름을 불렀다. 목소리와 억양이 친숙하게 느껴졌다. 나는 정확하게 발음되는 내 이름에 살짝 놀랐다.

내 입에선 아무 말도 나오지 않았다. 내 얼굴이 경직

되었지만 그녀는 내 거북함을 눈치채지 못한 것 같았다. 나의 불편함은 맥주 몇 잔을 마시고 나서야 서서히 해소되었다. 우리는 곧 대학교 시절을 상기했고, 어쩌다 학교 본관 뒤뜰에 살았던 토끼 이야기를 꺼냈다. 나는 내 친구 중 한 명이 뒷산에서 그 토끼를 찾았다고 기억했는데, 그녀는 어떤 남학생이 학교에 가져왔다고 기억했다. 누군가 그 토끼에게 이름을 지어주었던 것 같은데, 그래도 우린 모두 그 녀석을 그냥 '토끼'라고 불렀다. 토끼는 처음 왔을 땐 몸집이 작았지만 학생들이 갖다준 먹이를 주는 대로 다 먹은 탓에 나중에는 비대해지고 말았다. 토끼는 작은 울음소리를 내면서 학생들을 향해 있는 힘을 다해 뛰어왔고, 때로는 학생들 신발에 오줌을 누기도 했다. 토끼가 죽었을 때 학생들은 뜰 한구석에 작은 무덤을 만들어주고 그 위에 토끼 이름이 적힌 돌 하나를 얹어놓았다.

우리는 다른 이야기도 나눴다. 건물 입구에 피던 개나리, 냉소적인 교수들, 캠퍼스로 산책 오곤 하던 동네 주민들, 음료수라곤 예외 없이 모조리 맛이 없던 구내 카페테

리아……. 그녀는 아직도 몇몇 친구들과 연락하고 있었다. 그들 대부분은 영화와 전혀 관계없는 직업을 갖고 있었다. 몇몇은 결혼했고, 몇몇은 나처럼 외국으로 떠났다. 그녀가 매번 누군가의 이름을 언급할 때마다 그 이름의 주인이 머릿속에 단편적으로 떠올랐다. 그리고 그 친구들이 제출한 영상들과 자기 작업에 관해 설명할 때의 목소리, 담배를 쥐던 방식이나 촬영할 때 입었던 의상들까지도 희미하게 기억이 났다. 그런데 그녀의 기억은 내 기억과 사뭇 달랐다. 마치 우리에겐 공통된 과거가 없고, 테이블을 사이에 두고 접점 없이 나란히 가는, 서로 다른 두 개의 과거만 있는 것 같았다.

나는 감히 물어보지 못했다. 우리가 편집실에서 나왔을 때 바깥세상이 온통 눈으로 덮여 있던 그날의 이른 아침을 기억하느냐고. 그녀가 그때 그 순간마저 나와 너무나 다른 방식으로 기억해, 내가 간직해온 기억을 오염시킬까봐 두려웠다. 그녀 역시 그 아침에 대해선 말하지 않았다. 어쩌면 그녀도 나랑 똑같은 두려움을 갖고 있었을지도 몰랐다. 혹은 그날 아침을 이미 까맣게 잊었거나.

카페를 나설 때 우리는 둘 다 조금 취한 상태로 강 쪽
으로 걸음을 옮겼다. 어둠이 내려앉았지만 아직 낮의 열기
가 거리에 남아 있었다. 우리는 오랫동안 나란히 걸었고
나는 그곳에 익숙해진 지 몇 년이나 되는 사람처럼 그녀에
게 도시를 보여주었다. 그런데 오래된 건물들과 분수와 성
당, 화려한 상점들 앞을 지나고, 집 없이 떠도는 개들과도
마주쳤지만 강은 나타나지 않았다. 나는 이 도시를 밤에
돌아다닌 적이 거의 없었기에 평소에 알던 익숙한 지표들
마저 찾지 못했다. 나는 당혹감을 드러내지 않으려고 애쓰
면서 우리가 있는 곳이 어딘지 알아보려고 핸드폰을 꺼냈
다. 그리고 화면 위의 지도를 늘리고 줄이며 핸드폰 화면
속 세상과 우리를 둘러싼 세상을 비교했다.

그때 그녀가 내 등을 한 대 때리더니 내 손을 잡고 나
를 이끌기 시작했다. 그녀의 손길에 별안간 혼란스러워졌
다. 이 도시에서 살기 시작한 이후, 그런 방식으로 날 만진

사람은 아무도 없었다. 그 짧은 접촉이 그때까지 내가 의식하지 못하고 있던 어떤 결핍에서 나를 구해준 것 같았다.

강가에 이르렀을 때 우리 손은 땀으로 축축해져 있었다. 강이 우리 앞에 거대한 모습을 드러냈다. 가로등의 오렌지 불빛이 수면에 반사되었고, 강물은 조금도 흐르지 않는 것처럼 보였다. 그제야 그녀가 내 손을 놓았다. 손바닥에 불어오는 바람이 느껴졌다.

유람선이 우리가 서 있는 방향으로 다가왔다. 길게 이어지는 저음의 뱃고동 소리가 우리 앞에 펼쳐진 풍경에 쓸쓸함을 더했다. 그녀가 배의 승객들이 있는 쪽을 향해 손을 흔들기 시작했다. 누군가가 그녀를 보고 손을 흔들어 화답했다. 그러자 또 다른 누군가가 손을 흔들었고, 나중엔 한 무리가 손을 흔들었다. 모두가 들뜬 표정이었다.

유람선은 기다란 물결을 남기면서 우리 앞을 지나갔다. 그녀는 손을 내리고, 조금씩 멀어져가는 배를 물끄러미 바라보았다.

*

그녀가 죽었다. 난 핸드폰 화면에 시선을 고정한 채 계속 게시물들을 넘긴다. 마치 아무렇지도 않은 것처럼. 마치 그 소식을 못 보고 지나친 것처럼. 그녀의 죽음을 알려준 페이지 다음에 어떤 요리법이 이어지고, 그다음엔 돌고래 사진이, 그다음엔 음식에 들어간 소금이 끼치는 악영향에 관한 기사가 이어진다.

난 여전히 이불 속에 웅크린 채 내가 아직 꿈을 꾸고 있는 건지, 이 모든 게 현실인지, 혹은 질 나쁜 농담에 휘둘린 건 아닌지 생각해본다. 하지만 그 사진 밑에 달렸던 댓글들의 어조로 보건대 의심할 여지는 조금도 없다.

어떤 충격이나 슬픔도 표현이 안 된다. 핸드폰에 나타난 그녀의 죽음은 설명도, 이해도 되지 않는다. 그녀는 여기서 먼 곳, 내게 완전히 추상적인 세계 속에서 죽었고, 그리고 난 어떻게 반응해야 좋을지 모른다.

그녀의 게시글들을 읽어본다. 어떤 것들은 내가 이미

알고 있는 것이고 어떤 것들은 아니다. 사진 한 장이 내 주
의를 끈다. 그녀가 이곳에 왔을 때 우리 동네에서 찍은 사
진이다. 우리가 만나기로 했던 카페에 도착하기 직전에 찍
었던 게 분명하다. 그녀의 글과 이미지들이 갑자기 이상한
기분이 들게 한다. 주인 없는 집에 몰래 들어간 기분이다.
나는 스크롤을 멈춘다. 꺼진 화면에 내 얼굴이 비친다.

　침대에서 나와 창문을 열러 간다. 아직 캄캄하다. 밖
엔 아무도 없다. 바람을 타고 내 쪽으로 날아오는 눈송이
가 보인다. 눈송이를 잡으려고 손을 뻗는다. 다시 손을 펴
자, 손바닥이 아주 조금 젖어 있다.

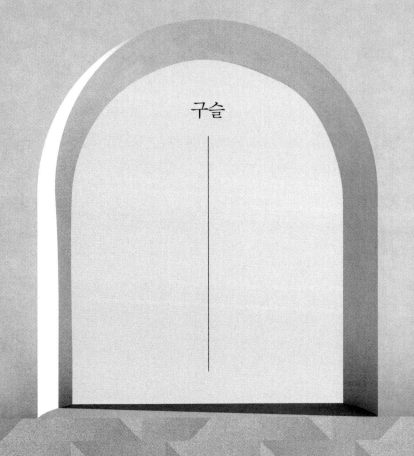

Perles

구슬

당신은 눈을 뜬다. 혹은 눈을 뜬다고 믿는다. 주위는 완전한 암흑이다. 당신은 무엇이든 구분해보려고 눈을 찌푸리지만 아무것도 달라지지 않는다. 무엇도 침투할 수 없는 두꺼운 어둠. 당신의 다른 감각들이 깨어나기 시작한다. 손가락 끝에서 저릿함이 느껴지고, 밖에서 지나가는 자동차 소리가 들린다. 한 대, 두 대, 그리고 세 대, 또 네 대⋯⋯. 당신의 시선은 끝이 없는 공간에서 계속 방황한다. 어둠을 이루고 있는 수많은 알갱이들이 당신의 눈꺼풀을 짓누르는 것 같다. 어둠의 알갱이들은 당신을 포위하고

집어삼킨다. 당신이 반사적으로 눈을 감아버릴 정도로. 당
신은 다시 눈을 떠서 몇 번이나 깜빡거리지만 아무 변화도
없다. 여전히 완전한 어둠이다. 당신은 자신이 어디 있는지
도 모른다. 당신이 살고 있다고 생각하는 그 장소가 어떻게
생겼는지도 더는 알지 못한다. 당신이 이제껏 살아왔던 장
소들의 천장이 영사기 속 필름처럼 죽 줄을 선다. 먼저 어
린 시절의 방, 더 정확히 말하면 '방들'이 나타난다. 어렸을
때 이사를 여러 차례 했기 때문이다. 그다음엔 학교 기숙사
방, 처음으로 사랑을 나눴던 꼭대기 층의 방, 첫 원룸, 당신
이 묵었던 수많은 호스텔의 방들, 여름을 보냈던 시골집의
방들, 여러 개의 호텔 방, 그리고 차가운 불빛의 형광등 바
로 밑에 놓여 있던 병원 침대까지. 당신은 체육관의 매트리
스 위에 널브러져 있던 어느 밤과 그칠 줄 모르고 구토를
한 후에 화장실 바닥에 누워 있던 밤도 떠올린다…… 그
리고 이 모든 방에서 꾸었던 꿈들, 이제는 기억에도 거의
남아 있지 않은 수천 가지의 꿈도 떠올린다. 그리고 혹시
지금도 꿈을 꾸고 있는 건지, 아니면 이미 죽은 건 아닌지

질문도 해본다. 죽음은 틀림없이 이와 비슷할 거라고 생각한다. 아마 꼭 이럴 것이다. 의식은 있지만 그 무엇도 존재하지 않는 완전한 어둠. 당신은 이 무거운 공기 속에서 당신을 이루고 있던 모든 것이 사라진 듯한 기분이 든다. 얼굴을 만져보지만 당신의 얼굴이 맞는지도 분명치 않다. 피부가 부드럽게도, 거칠게도 느껴지지 않는다. 당신은 입을 벌리고, '아' 소리를 내본다. 당신의 목소리가 부자연스럽게 울려 퍼진다. 당신은 힘겹게 몸을 일으켜본다. 일어서자 현기증이 난다. 견고한 이 어둠이 당신에게서 균형을 빼앗아간다. 공기마저 무겁고 탁하게 느껴진다. 당신은 팔을 쭉 뻗어 주변을 더듬거리며 극히 조심스럽게 조금씩 앞으로 나아가본다. 바닥이 축축하고 끈적거려, 발을 들어 올릴 때마다 쩍 하는 소리가 들린다. 그러다 뭔가 날카로운 것이 당신의 발바닥을 벤다. 고통으로 당신은 얼굴을 찡그리지만 계속 걸어나간다. 손가락이 벽에 닿고, 그 벽을 따라 걷자 스위치 비슷한 게 만져진다. 그것을 누른 순간, 삐걱삐걱하는 소리가 방을 가득 채우며 금속 블라인드가 천천히 올라가더니 돌연 한 줄기 빛이 비집고 들어온다. 당신의 동공이 수축과 이완을 여러 차례 반복하다가 마침내 그 빛에 적응한다. 그러자 바닥에 흩어져 있는 깨진 유리 조각들과 술병들, 바짝 마른 화분들과 상처 입은 당신의 발이 여기저기 남긴 핏자국이 보인다.

*

지난밤 당신은 바로 이 방에서 잤다. 아마 전날 밤도, 그 전날 밤도 그랬을 것이다. 당신은 언제 잠이 들었는지, 언제 침대에 누웠는지도 알지 못한다. 지난밤, 당신은 투명한 액체 속에 온몸이 용해될 정도로 마셨다. 물기를 잔뜩 머금은 식물, 줄기가 휘어질 대로 휘어진 식물처럼 될 때까지, 끝내 잠에 곯아떨어지기 전까지 마셨다.

바닥에 굴러다니는 술병들 안에는 겨우 몇 방울의 액체만 남아 있을 뿐이다. 당신을 그것을 마저 비운다. 하지만 그걸로 갈증이 해소되진 않는다. 옆방으로 가서 더러운 그릇들로 가득 찬 개수대에서 유리컵 하나를 집어 든다. 그리고 그것을 빠르게 헹군 뒤에 물을 채운다. 첫 모금을 마시고는 물에서 나는 악취에 충격을 받는다. 누르스름한 입자 같은 게 물 위에 떠다닌다. 당신은 유리잔에 남은 물을 개수대에 쏟아버린 뒤 다시 수도꼭지를 틀어서 계속 물이 흐르게 놔둔다. 개수대가 조금씩 차오른다. 당신은 물이 넘치게 내버려둔다. 마침내 물방울이 발가락에 살짝 튀더니 곧이어 발꿈치까지 적신다. 당신은 숨을 꾹 참는다. 마치 물이 더욱 차올라서 당신이 물에 완전히 잠기기라도 한 것처럼. 하지만 결국엔 한꺼번에 숨을 내뱉고, 수도꼭지를 잠가버린다.

당신은 냉장고 문을 연다. 무언가 썩은 냄새가 난다. 냉장고 안에서 부풀어 오른 우유 팩들과 흐물흐물해져서 모양이 일그러진 과일들을 발견한다. 당신은 아무것도 손대지 않고 다시 문을 닫는다.

쓰레기통 안에 이미 사용한 티백 하나가 눈에 띈다.

바짝 말랐으나 차 향기가 아주 조금 남아 있다. 당신은 그것을 찻잔 안에 넣고, 수도꼭지 밑에 찻잔을 대고 뜨거운 물을 받은 다음 잠시 후 티백을 끄집어내 한 모금 마신다. 씁쓸한 맛이 혀에 퍼진다. 당신은 찻잔에서 곰팡이 흔적을 발견하고 남은 차를 버린다. 그리고 입안을 헹군다.

당신은 잠을 잤던 방으로 돌아가 소파에 앉는다. 그리고 시간이 얼마나 흘렀을까 생각해본다. 시간이 티백에 곰팡이를 피우고, 과일과 채소를 냉장고 안에서 문드러지게 만들고, 엎어진 술로 바닥이 끈적거리게 만들었다. 그래놓고도 시간은 당신에게 아무런 말도 하지 않는다.

당신은 아이의 침실문 쪽으로 고개를 돌리고, 일어나서 그 방 쪽으로 향한다. 손잡이에 손을 대는 순간 금속의 차가움에 흠칫 놀란다. 별안간 당신 손의 온기가 의식되고, 그 온도에 당신은 당황한다. 당신 몸의 다른 부분도 따뜻하기는 마찬가지다. 당신은 꼼짝 않고 문 앞에 서 있다. 시곗바늘도 더는 움직이지 않는다. 라디오와 텔레비전은

전원이 꺼졌고, 핸드폰도 방전된 지 오래다. 이 침묵의 무게가 점점 더 당신을 압박해온다. 당신은 숨을 크게 한 번 쉰 뒤에 손잡이를 돌린다.

미지근한 공기가 방에서 새어 나온다. 아파트의 다른 곳과는 달리, 그 방은 깨끗하고 밝다. 마치 그곳이 유일하게 사용 중인 방인 것처럼. 작은 먼지 알갱이들이 무중력 상태로 떠다닌다. 문손잡이가 당신 손안에서 뜨겁고 축축해진다. 당신은 그 방에 들어가기 전에 아직 망가지지 않은 이 공간을 오랫동안 응시한다.

책상 위에 책 한 권이 펼쳐져 있다. 당신은 의자에 앉아 책을 들여다보지만 읽지는 않는다. 다만 여백에 낙서처럼 그려진 그림들과 아이가 몇몇 문장에 쳐둔 밑줄, 모서리를 접어놓은 페이지를 살펴본다. 아마도 아이는 이렇게 줄 처놓은 문장들을 읽으며 많은 시간을 보냈을 것이다. 당신은 그 책에 조심스럽게 손을 대본다. 마치 책이 손가락 밑에서 부스러져 흩날릴까 조심스럽게.

당신은 일어나서 침대로 다가간다. 거기서 나는 냄새

가 익숙하다. 여기서 어떤 꿈들이 펼쳐졌을지 생각하면서
당신은 이불 속으로 미끄러지듯 들어간 후, 눈을 감고 잠
에 빠진다.

당신이 보도 위에 서 있다. 비가 온다. 하지만 당신
은 비를 피하지 않는다. 차도 건너편에 십 대 아이들 무
리가 있다. 아이들은 비를 전혀 개의치 않는 것 같다. 다
른 십 대 아이들이 와서 합류하고, 그 숫자가 점차 늘어난
다. 열 명에서 스무 명으로. 다시 오십 명, 백 명, 이백 명
으로⋯⋯. 전원이 모이자 당신은 세어보지도 않고 본능적
으로 그들이 304명이라고 생각한다. 당신은 아이들이 모
두 아름답다고 생각하지만, 한편으로는 십 대라는 나이가
두렵다. 비가 억수처럼 쏟아져 물이 발목까지 올라온다.
맞은편의 아이들도 당신만큼 흠뻑 젖었지만 여전히 아무
렇지도 않은 표정이다. 별안간 그 아이들이 일제히 당신을
향해 몸을 돌린다. 608개의 눈이 당신을 쳐다본다. 그리고
제각기 검은 구슬 같은 것을 당신에게 던진다. 당신을 향

해 쏟아진 구슬들은 마치 공처럼 바닥에서 투두둑 튀어 오른다. 당신은 그것들을 피하려고 어설픈 시도를 해보고, 당신의 그런 몸짓을 보면서 아이들이 웃음을 터뜨린다. 거침없는, 매우 화사한 웃음이다. 당신은 구슬들을 굳이 애써서 피하길 포기한다. 아이들의 웃음이 마침내 당신마저 웃게 만들어버렸고, 그게 아이들을 더 즐겁게 해준다. 어느 정도 시간이 지나자 이번엔 진주알들이 아이들 쪽으로 튀더니 사라진다.

비는 여전히 퍼붓듯이 내린다. 당신은 추워서 이가 덜덜 떨리고, 입술이 파래졌다. 옷이 몸에 찰싹 달라붙었다. 당신은 아이들과 함께 어딘가로 피하고 싶다. 젖은 옷을 말리고, 몸을 데워줄 따뜻한 차 한 잔을 마시고 싶다. 당신은 304명의 십 대 아이들을 데리고 어디로 갈 수 있을지 생각해본다. 병원? 박물관? 슈퍼마켓? 학교? 그래, 학교에 가면 모두가 앉을 수 있을 테고 아이들은 옷이 마르기를 기다리면서 칠판에 그림을 그릴 수도 있을 것이다. 당신은 아이들에게 학교로 가자고 제안한다, 하지만 아이들은 당신에게 전혀 주의를 기울이지 않는다. 비 때문이거나 아니면 거리 때문에 알아듣지 못했다고 생각해서 당신은 더 큰 소리로 외친다. 하지만 당신도 당신의 목소리가 들리지 않는다. 그때 그 모든 아이 가운데 유독 한 아이의 얼굴이 뚜렷이 부각된다. 당신은 304명의 십 대 아이들 한가운데 한 명, 한 소녀를 알아본다. 그 소녀도 당신을 바라보더니 마치 당신을 안심시키려는 듯한 손짓을 한다. 당신은 고개를 가로젓는다. 그리고 소녀에게 당신과 함께 돌아가야 한다는 걸 이해시키려 애쓴다. 하지만 당신은 왠지 한마디도 할 수 없다. 거리를 건너가고 싶지만 몸이 꼼짝하지 않는다. 팔도 움직일 수 없다. 비는 더욱 거세지고 아이들은 쏟아지는 비에 여전히 무심하다. 그제야 당신은 아이들이 반응을 보일 이유가 없다는 사실을, 그들이 모두 죽은 자들이라는 사실을 깨닫는다.

당신은 소스라치게 놀라 잠에서 깨어난다. 목이 아프고 귀가 젖어 있다. 귀에서 여전히 아이들이 와글거리는 소리와 둔탁한 빗소리가 들린다. 방 안의 모든 게 고요하다. 아이는 결코 이곳으로 돌아오지 않을 것이다. 이것 역시 꿈이기를, 다시 한번 깨어날 수 있기를 바라며 뺨을 꼬집어보지만 조금 따끔한 느낌만 있을 뿐이다. 당신이 도망칠 수 있는 다른 현실은 없다.

언젠가 한 친구가 당신에게 말한 적이 있다. 울고 나서 눈이 붓고 빨개지지 않으려면 물을 가득 담은 세면대에 얼굴을 담그고 울어야 한다고. 그때 당신은 생각했다. 이런 말을 하는 걸 보면 친구도 살면서 울 일이 많았던 게 틀림없다고. 당신은 그 친구의 얼굴과 금방이라도 무너질 것 같았던 불안한 미소를 떠올린다. 더는 화내고, 싸우고, 심지어 슬퍼할 기력조차 없는 자의 미소였다. 지금의 당신은 울지 않는다. 그러니 물이 가득 담긴 세면대 사용법도 시도해볼 수 없다. 당신은 자신이 완전히 메마르고 딱딱해졌음을 느낀다. 마치 끝없이 펼쳐진 모래밭 위에서 길을 잃고 헤매다, 모래 속에 처박혀 서서히 파묻히는 배처럼.

그때 거실에서 갑작스러운 소리가 들려와 당신의 생

각이 중단된다. 당신은 침대에서 일어나 방을 나온다. 소
파 위에 고양이 한 마리가 앉아 있다. 이전에 본 적이 있던
가? 전혀 기억이 나지 않는다. 고양이가 당신에게 눈을 맞
추고 야옹거린다. 당신은 녀석이 보내는 메시지를 해석해
보려고 애쓰지만 헛일이다. 고양이가 꼬리를 왼쪽으로 움
직일 때는 슬프다는 뜻이고 오른쪽으로 움직일 때는 만족
스럽다는 뜻이라던 게 어렴풋이 기억난다. 그런데 소파 위
에 앉은 고양이는 꼬리를 좌우로 흔든다. 마치 기분이 좋
으면서도 슬프다는 것처럼. 녀석의 꼬리는 또 위에서 아래
로, 아래에서 위로도 움직이며 당신을 혼란스럽게 한다.
당신은 고양이가 또 다른 어떤 감정을 가질 수 있을지 상
상해본다. 분노나 우울, 질투 혹은 향수?

　　당신은 한 번도 개나 고양이를 키워본 적이 없다. 대
체로 당신은 동물을 좋아하지 않는다. 동물들 앞에 서면,
녀석들이 당신 속을 꿰뚫어 속마음을 알아차릴 것 같다. 동
물 앞에서는 말이나 태도 뒤로 당신을 감출 수 없다. 비록
당신은 자신이 근본적으로 악하지는 않다고 생각하지만

그래도 녀석들이 보내는 시선에 당신은 항상 당황한다.

당신은 고양이가 기분이 좋지도 슬프지도 않고, 단지 배가 고픈 거라 추측하고 부엌 찬장을 살펴본다. 거의 아무것도 없다. 어쨌든 고양이가 먹을 만한 거라곤 없다. 당신은 고양이에게 줄 먹이를 사러 나가기로 한다. 외투를 입고, 아파트 문을 나선다. 승강기 안에서 당신은 생각한다. 고양이가 어디서 왔을까? 1층 버튼을 누르고 거울을 들여다본다. 당신은 거울 속의 사람을 알아보지 못한다. 창백한 안색이 누군가를 떠올리게 하는데, 그게 자신의 얼굴이라고는 믿어지지 않는다. 입을 벌리고 혀를 내민다. 괴상한 표정도 지어보지만 조금도 웃기지 않는다. 승강기가 움직임을 멈추고 문이 열린다. 내린다.

밖은 날씨가 좋다. 아침 끝 무렵의 빛나는 햇살이 거리 곳곳에서 반짝인다. 하지만 그 빛은 당신에게까지는 이르지 못하고, 당신 주위를 둘러싼 어둠의 층을 관통하지 못한다. 당신은 눈꺼풀에 붙어 있는 캄캄한 그림자를 쫓아

내려고 눈을 깜빡거린다.

거리 모퉁이에서 한 걸인이 개를 데리고 꼬박꼬박 졸고 있다. 대낮의 햇빛도 그들의 잠을 방해하지 못하는 듯하다. 당신도 그런 평온함을 갖고 잠을 잘 수 있으면 하고 바라본다. 한 노부인이 그들 앞에서 걸음을 멈추더니, 사과 몇 알과 맥주 몇 캔을 보도 위에 조용히 내려놓는다. 당신은 등을 구부린 채 살금살금 멀어지면서 그것들을 관찰하다가 걸인을 향해 몸을 돌렸고, 그가 당신을 보고 있다는 사실을 알아차린다. 그의 검고 촉촉한 눈이 바다 깊은 곳에서 건져 올린 것처럼 보인다.

슈퍼마켓은 거의 황량하다고 느껴질 정도로 사람이 없는데도 전력을 다해 에어컨을 가동하고 있다. 당신은 입고 있는 겨울 외투가 계절에 맞지 않는다는 걸 그제야 깨닫는다. 몇 개의 진열대 사이를 돌아다닌 후 고양이 사료 위치를 물어보려고 직원에게 말을 건다. 직원은 고양이 건사료 봉지들이 있는 진열대로 당신을 데리고 간다. 그러곤

망설이는 듯한 목소리로 당신에게 괜찮으냐고 묻는다. 그
질문에 당신은 깜짝 놀란다. 당신은 점원의 의도가 무엇인
지 이해하지 못한다. 그래서 모호하게 고개를 끄덕이고,
손에 잡히는 사료 봉지를 아무렇게나 하나 집어 급히 계산
대로 간다. 계산대 점원도 진열대 쪽 점원과 똑같이 묻는
다. 그녀의 근심 어린 시선에 당신은 또다시 거북해진다.
당신은 대답하지 않는다. 그리고 서둘러 슈퍼마켓 밖으로
나온다. 호흡이 가빠지고, 어지럽다. 여전히 집요한 질문
들에 포위된 느낌이다. 당신은 언제부터 당신의 삶이 이처
럼 혼란스러워졌는지, 무슨 이유로 점원들이 당신에게 그
렇게 물었는지, 당신이 왜 이 여름에 그토록 두꺼운 외투
를 입었는지 생각해본다. 어떤 깊숙한 구멍 밑바닥에 빠진
느낌이다. 당신은 온전한 상태가 어떤 건지조차 잘 모른
다. 이전의 삶에서 매일 하던 것들, 예전의 습관들은 이제
단지 머나먼 기억일 뿐이다. 꼬리를 물고 이어지는 생각들
이 당신을 자극한다. 심장이 격하게 고동친다.

　아파트로 돌아온 당신은 고양이가 자리를 바꿨음을 알아차린다. 녀석은 거실 한구석에 엎드려 있다. 이제 당신을 바라보는 녀석의 시선이 불편하게 느껴지지 않는다. 당신의 호흡이 조금씩 규칙적인 리듬을 되찾는다.

　당신은 사발에 건사료를 붓는다. 고양이는 즉시 반응하지 않고, 당신이 자리를 떠난 뒤에야 먹기 시작한다. 당신은 소파에 앉아 고양이가 오도독거리며 건사료를 잘게 부수어 먹는 소리를 듣는다. 사발 속의 사료를 모두 먹어 치운 후, 고양이는 할짝할짝 소리를 내면서 주둥이를 핥는다. 당신은 고양이 사발에 먹이를 더 붓는다. 그리고 봉지 안에 손가락을 넣고 한 알을 꺼내 당신의 입안에 집어넣는다. 그것을 깨물자, 고양이가 갑자기 몸을 돌려 당신을 바라보더니 다시 사발 속에 머리를 박는다. 당신은 이번엔 한 줌을 집어 입에 넣고는 어금니로 천천히 씹기 시작한다. 오독오독 깨물어 먹는 소리가 아파트를 가득 채운다.

Fugue

가출

우리 집에선 매주 일요일 정오에 텔레비전 앞에서 점심을 먹었다. 그때는 매주 참가자들이 노래 경연을 벌이는 프로그램이 방송되는 시간이었다. 그 방송은 매번 다른 지역에서 촬영되는데, 참가자들은 노래하고 춤을 추는 동시에 자기 삶을 이야기하면서 청중의 호응을 끌어내려 애썼다. 공연이 끝나면 심사위원들이 실로폰 소리로 심사 결과를 알려주었다. 참가자가 다음 단계에 올라갈 자격이 있음을 알릴 때는 세 개의 건반을 쳐서 딩동댕 소리를 냈다. 그러나 떨어졌을 땐 땡 하는 한 가지 음만 짧게 울려 퍼졌다.

사회자는 작은 키에 두꺼운 안경을 쓴 할아버지였다. 그는 참가자들이 노래를 부를 때면 무대 뒤에 서 있다가 노래가 끝나면 무대 앞으로 돌아와 감상을 이야기했다. 야외에서 촬영하는 여름엔 그가 흘리는 땀이 카메라에 고스란히 담겼다. 그는 손수건으로 이마를 수시로 훔쳤지만, 더운 날씨 탓에 미처 닦지 못한 땀방울이 관자놀이에서 흘러내리곤 했다.

우리는 방송이 다 끝날 때까지 식탁에 그대로 앉아 있었다. 우리 집의 유일한 텔레비전은 거실에 있었고, 아빠는 밥을 먹으면서 볼 수 있도록 텔레비전 화면을 주방 식탁 쪽으로 돌려놓았다. 우리 가족은 좀처럼 웃지 않았다. 심지어 참가자들이 무대 위에서 웃음거리가 되고 있을 때도 우리는 두 눈을 텔레비전에 고정한 채 말없이 음식만 삼켰다. 방송이 끝나면 엄마는 식탁을 치우고 설거지를 했고, 아빠는 거실로 가서 텔레비전 화면을 소파 쪽으로 돌려놓은 다음 자리를 잡고 앉았다.

바로 그 시간에 다른 채널에서는 내가 좋아하던 만화

를 방영했다. 원숭이처럼 생긴 주인공이 하늘을 나는 스케이트보드를 타고 친구들과 함께 여행하는 이야기였다. 내가 그 모험을 따라갈 수 있는 시간은 노래 경연 프로그램이 끝나고 다음 방송이 시작하기 전까지 광고가 나오는 겨우 십 분뿐이었다. 단 일 분도 더 허락되지 않았다. 그러니 일요일마다 방영하는 그 만화의 앞부분과 뒷부분을 항상 놓칠 수밖에 없었다. 사실 이야기는 언제나 같았다. 주인공 원숭이가 여행 중에 요괴들을 만나지만, 결국엔 문제를 잘 해결하고 그들과 우정까지 맺는다는 내용이었다. 나는 그 십 분 동안 벽에 걸린 시계를 수시로 쳐다봤다. 시간이 되면 아빠가 여지없이 채널을 바꾼다는 걸 알면서도, 행여라도 아빠가 채널 바꾸는 걸 깜빡해서 계속 만화를 볼 수 있기를 매번 바라면서. 하지만 십 분 후면 아빠는 어김없이 리모컨의 버튼을 눌렀다. 아빠가 시청하는 방송은 사람들이 집에 있던 고물들을 갖고 나와서 가격을 책정하는 내용이었다. 조상들에게 물려받아 몇 대에 걸쳐서 간직하고 있던 도자기나 그림, 귀한 장신구 등이 스튜디오 중심에 놓였고, 전문가들이 그 물건들을 살펴본 후에 가치를 평가해주었다. 대부분은 그저 단순히 오래된 골동품이나 모조품인 걸로 드러났다. 형편없는 가격으로 평가되면 물건의 주인은 어색한 미소를 지으며 무대 뒤로 사라지곤 했다. 하지만 때로 정말 귀한 물건이 나올 때도 있었다. 전문가들 앞에 설치된 전광판에 어마어마한 가격이 나타나면, 반쯤 잠들어 있던 아빠가 화들짝 깨어나 감탄 어린 짧은 비명을 질렀다.

내가 가출하기로 마음먹은 건 여느 때와 다름없는 어느 일요일 오후였다. 특별한 하나의 이유보다는 여러 가지 이유가 복합적으로 작용했다.

매주 그러듯이 우리는 텔레비전을 보면서 주방 식탁에서 점심을 먹었다. 나는 입이 바짝바짝 말라 연거푸 물을 마셨다. 그날 오후에 집을 떠나기로 이미 결단을 내려서인지 그 일요일의 고요함이 갑자기 터무니없고 인위적으로 느껴졌다. 노래와 촌극이 이어졌으나 식탁에 앉은 우리는 언제나처럼 아무 반응도 보이지 않았다. 무기력하게 앉아 있는 아빠와 엄마 앞에 그토록 열심히 웃기려는 참가자들이 우스꽝스럽고 불쌍하게 보였다. 우리는 성가신 노래와 유치한 농담, 실로폰 소리를 들으면서 입에 음식을 꾸역꾸역 밀어 넣었다.

식사가 끝난 뒤 아빠와 나는 소파에 자리를 잡았다. 아빠가 리모컨을 쥐고서 만화 채널로 돌렸다. 원숭이가 스케이트보드를 타고 공중을 미끄러지듯 날고 있었다. 하늘 전체가 그의 것이었다. 그 자유가 나를 흥분시켰다. 비록 스케이트보드는 탈 줄 몰랐지만, 빨리 집에서 도망쳐 그처럼 자유로워지고 싶었다. 아빠가 보는 방송이 나오는 사이에 집을 떠나야지. 그 시간에 아빠는 텔레비전 앞에서 반쯤 졸고, 엄마는 주방 일을 하느라 바쁠 것이다. 나는 온통 그 생각에 빠져 있어서 평소처럼 십 분이 흘러가는 것도 느끼지 못했다. 그런데 웬일인지 그날따라 아빠는 그 방송이 시작했을 시간인데도 채널을 바꾸지 않았다. 내가 그 만화를 끝까지 보도록 내버려둔 게 그때가 처음이었기 때문에, 나는 아빠가 내 의도를 눈치채고 나를 집에 붙잡아 두려는 거라고 생각했다. 긴장돼서 텔레비전에 집중이 되지 않았다. 화면에서는 원숭이가 태평하게 스케이트보드를 타고 날고 있었다.

그때 코 고는 소리가 나서 곁눈질로 조심스레 아빠를 살폈다. 아빠는 소파 위에서 나른하게, 조용히 꾸벅꾸벅 졸고 있었다. 나는 소리 없이 일어나 내 방으로 향했다. 배낭을 갖고 가야 한다고 생각했다. 만화 속 원숭이가 어깨에서 허리까지 항상 비스듬히 가방을 메고 다녔기 때문이다. 먼저 책가방을 바닥에 쏟아 완전히 비웠다. 그런데 필통과 노트 대신 뭘 갖고 가야 할지 몰랐다. 원숭이가 한 번도 자기 가방을 열어본 적이 없었기에 그 안에 뭐가 있는지 알 길이 없었다. 몇 분 생각해보다가 그동안 모아뒀던 용돈만 챙기고 가방 없이 떠나기로 마음먹었다. 만에 하나 내가 나가는 걸 엄마나 아빠에게 들키면 친구 집에 놀러 간다고 말하면 될 터였다. 동전을 모두 쑤셔 넣자 주머니가 묵직해졌다. 나는 동전 소리가 나지 않게 불룩한 주머

니에 두 손을 집어넣은 채 까치발로 살금살금 걸어서 현관
까지 갔다. 내가 지나가는 동안 아빠는 깨지 않았다.

밖에 나오니 봄꽃들이 진한 향기를 내고 있었다. 오후
햇볕에 따뜻하게 데워진 벽을 따라 걷다가 장바구니를 들
고 있는 이웃집 아주머니와 마주쳤다. 아주머니는 미소를
띠고 인사하면서 어디 가느냐고 물었다. 하지만 내가 미처
대답하기도 전에 아빠와 엄마는 잘 계시냐고 묻더니 안부
를 전해달라고 했다. 나는 그러겠다고 약속했다.

계속 걸어서 친구들이 놀고 있는 놀이터에 이르렀다.
친구들이 같이 놀자고 했지만 거절하고 어느 정도 떨어진
곳에 있는 벤치에 앉았다. 친구들이 뛰고 소리 지르며 깔
깔 웃었다. 그 애들을 보는 것도 이제 마지막이라는 생각
이 들어 작별 인사를 하고 싶었으나, 내 계획을 감추기 위
해 꾹 참았다. 가출한다는 걸 말하면 그건 진짜 가출이 아
닐 것이다. 그 순간 비밀을 가졌다는 생각이 처음으로 나
를 뒤흔들었다. 나는 좀 떨어져서 말없이, 내가 그 애들과

다르다는 사실에 당황스러운 기분을 느꼈다. 그것이 자랑
스러우면서도 동시에 슬펐다.

친구들을 뒤에 남겨둔 채 놀이터를 떠났다. 날씨가 더
웠고 목이 말랐다. 아이스크림 파는 사람 앞을 지나치는
순간 그 아저씨가 나더러 하나 먹지 않겠느냐고 물었다.
아이스크림의 냉기와 달콤한 냄새에 군침이 돌고 주머니
안에 든 두둑한 동전들의 감촉이 느껴졌지만, 눈을 질끈
감고 끝내 유혹을 거절했다. 상황이 어떻게 변할지 알 수
없으니 돈을 낭비하지 않는 게 낫겠다는 생각이 들었다.
나는 목덜미에 아이스크림 파는 아저씨의 시선이 닿는 것
을 느끼면서 내 길을 갔다.

꽤 많은 시간이 지난 후에 강가에 이르렀다. 강이 거
의 말라 있어서 여기저기 쩍쩍 갈라진 강바닥이 드러났다.
이렇게 벌거벗고 메마른 모습에 강이 부끄러울 거라는 생
각이 들었다. 이상하게도 물 냄새는 아직 남아 있었다. 마
치 강물의 기억처럼. 나는 강기슭에 앉았다. 건너편에는
대도시가, 수많은 고층 건물과 식당, 상점, 도로를 꽉꽉 채

Fugue

운 차들과 걸인들이 있다. 강 이편에선 아무도 구걸하지
않는다.

*

 그때까지 그 도시에 단 한 번 가봤었다. 여름이 막 시
작하려는 어느 날 저녁이었다. 나는 목적지가 어디인지도
모르는 채로 자동차에 올라탔다. 아빠가 강 건너편을 향
해 운전하는 동안 엄마는 조수석 보조거울을 바라보며 화
장을 했다. 어디 가느냐고 내가 묻자 엄마는 축제에 간다
고 답했다. 사람이 엄청나게 많을 거고, 불꽃놀이도 볼 거
라고 했다. 나는 열린 창문을 통해 붉게 물들어가는 하늘
을 바라보았다. 도시에 가까워질수록 교통 체증은 심해졌
고, 우리는 도로 한복판에 꼼짝없이 갇혀 있었다. 이미 오
래전에 화장을 끝낸 엄마는 한숨을 푹푹 내쉬며 그냥 집에
있는 게 나을 뻔했다고 말했다. 누군가가 화가 난 듯 길게
경적을 울렸다. 곧이어 다른 운전자들도 따라 경적을 울려

댔고, 그렇게 쌓인 소음들에 귀가 먹먹해졌다. 우리가 그 도시 중심에 도착했을 때는 벌써 밤이었다. 아빠와 엄마는 이미 지쳐 보였다.

도로마다 사람들이 가득했고, 대부분 술에 취해 흥분한 상태였다. 그들은 소리 지르며 서로를 불러댔고 큰 소리로 웃었다. 여기저기에 오락거리가 있었고 호객꾼들이 손짓 몸짓을 해가며 가능한 한 많은 고객을 끌어들이려 극성을 부렸다. 웃음소리와 고함, 기계 돌아가는 소리와 온갖 종류의 폭발음이 거리를 꽉 메운 군중의 소음과 뒤섞였다. 한 남자가 웃통을 벗은 채 입에서 불을 내뿜고, 사람들이 박수를 보내는 것도 보았다. 불에 구운 소시지와 각종 튀김에서 모락모락 피어나는 김과 담배 연기가 도로를 가득 채웠다. 태어나서 처음으로 달콤한 솜사탕 냄새도 맡아보았다. 부모님이 먼저 나서서 내게 그걸 사줬다.

나는 솜사탕이 그토록 가볍다는 게 이해가 되지 않았다. 설탕 구름 한 귀퉁이를 깨물자 가느다란 사탕 실들이 뜯어져 나왔지만, 씹히는 건 하나도 없어서 마치 공기를 씹는 기분이었다. 설탕은 혀 위에서 녹는가 싶더니 순식간에 사라졌고, 남은 거라곤 농도 짙은 끈적한 침뿐이었다. 내 두 뺨과 턱도 곧 끈적끈적해졌다. 이 새로운 맛에 몰두하기를 멈출 수가 없었다. 그러다 어느 순간 부모님의 손을 잡고 있지 않다는 걸 깨달았고, 주위를 돌아봤을 때는 어디에서도 엄마나 아빠를 찾을 수 없었다. 그 와중에도 수많은 사람이 내 뒤에 빽빽하게 있어서 군중에 떠밀려 계속 앞으로 나아가야만 했다.

나는 사람들이 덜 다니는 작은 골목으로 피해 들어갔다. 희미한 빛 속에서 약간 먼 곳에 모여 있는 한 무리의 어른들이 보였다. 도움을 청하려고 그들 쪽으로 가다가, 가까이 갈수록 그들의 얼굴이 사람 같지 않다는 걸 알아챘다. 괴물 같은 동물의 생김새였다. 그들이 내 쪽으로 얼굴을 돌렸을 때, 난 무서워서 죽을 듯이 뛰어 도망쳤다. 등 뒤에서 나를 비웃는 소리가 들려왔고 그 웃음소리가 두려움을 더욱 증폭시켰다. 꽤 떨어진 어떤 길에 이르러서

야 발걸음을 늦추고 다시 숨을 골랐다. 솜사탕 막대는 이
제 손에 달라붙어 떨어지지 않았다. 떼어서 쓰레기통에 버
리고 싶었지만, 쓰레기통마다 이미 캔과 종이컵, 남은 음
식물로 가득 차 있었다. 그런데 쓰레기들 가운데 뭔가 빨
갛고 반짝이는 게 움직였다. 자세히 살펴보니 물이 가득한
비닐 주머니 속에 빨간 물고기 한 마리가 들어 있었다. 누
가 축제장 오락판에서 상으로 탄 걸 버린 게 분명했다. 물
고기는 비닐봉지가 너무 작아서 헤엄도 제대로 치지 못했
다. 그저 제자리에서 펄떡거리고만 있을 뿐이었다. 몇 분
동안 들여다보다가 결국 비닐봉지를 집어 들었다.

　나는 계속 앞으로 나아갔다. 어느덧 축제의 소음이 줄
어들었다. 길에서 무릎을 꿇고 구걸하는 걸인 앞을 지나치
는데, 그가 내게 멈추라고 손짓하더니 이런 시간에 여기서
혼자 뭘 하느냐고 물었다. 나는 길을 잃었으며 엄마 아빠
가 어디 있는지 모르겠다고 대답했다. 그는 차분한 목소리
로 말했다. 자신도 같은 상황이라고. 그는 자기 앞에 놓인
그릇을 뒤지더니 동전 하나를 내밀며 부모에게 전화를 걸

라고 했다. 나는 고맙다고 인사를 한 뒤 혹시 빨간 금붕어를 갖고 싶으냐고 물었다. 그는 고개를 저으면서 솜사탕을 뚫어져라 쳐다봤다. 솜사탕 막대기에는 침에 엉긴 설탕이 조금 붙어 있었다. 난 그걸 그에게 주었고 그는 내가 돌아서기도 전에 막대기를 핥아먹기 시작했다.

거리는 한산했다. 주민 모두가 축제를 즐기는 듯했다. 솜사탕의 불쾌한 뒷맛에 갈증이 났다. 강가에 이르기까지 한두 시간을 족히 걸었던 것 같다. 당시만 해도 그 강은 마르지 않았었다. 나는 수면을 바라보며 다리를 건넜다. 도시의 반짝이는 불빛이 수면에 비쳤다. 그 순간 날카롭게 피유웅 하는 소리가 들렸고, 이어서 하늘에 온갖 색깔의 거대한 불꽃들이 피어올랐다. 폭죽이 터질 때마다 스산한 침묵이 따라왔다. 갑자기 아빠 엄마가 생각났다. 아빠와 엄마가 거리에서 나를 찾고 있을지, 아니면 벌써 집으로 돌아가서 나를 기다리고 있을지 궁금했다. 아마도 지금 이 순간 엄마와 아빠도 나처럼 하늘의 불꽃을 보고 있을 거라는 생각이 들어 기분이 조금 나아졌다. 나는 빨간 금붕어를 머리 위로 들어 올렸다. 금붕어에게도 이 광경을 보여주고 싶었다. 하지만 금붕어는 폭발하는 불빛에 반응 하는 대신 팔딱거리기만 했다. 다시 고요함이 찾아왔을 무 렵에 강 건너편에 들어섰다. 대도시의 불빛과 비교하면 그 곳의 불빛들은 희미했고, 또 드문드문했다.

몇 시간을 걷고 난 후에야 우리 동네의 큰길과 매일 다니는 골목길, 엄마가 장을 보는 상점들, 친숙한 놀이터 와 벤치들이 눈에 들어오기 시작했다. 전화 부스 옆을 지 날 때 걸인 아저씨가 준 동전이 생각났다. 나는 부스 안으 로 들어갔지만, 전화기가 내게 너무 높이 있어서 전화를 걸 수 없었다. 집으로 가는 길에 한 사람도, 심지어 길고양 이 한 마리도 마주치지 않았다. 동네 전체가 밤에 삼켜진 것처럼 보였다. 아빠, 엄마와 우리 동네로부터 완전히 버 려지고 잊힌 기분이 들었다.

집 앞에 도착했을 때 집은 온통 어둠에 휩싸여 있었 다. 문 너머 몇 미터 떨어진 곳에 있는 내 방과 그 안에 있는 내 물건들이 생각났다. 더는 서 있기도 힘들었다. 머릿속에는 오직 한 가지 생각밖에 없었다. 얼른 침대로 달려가서 내 베개의 냄새를 맡고 싶다는 생각. 열리지 않는 문을 몇 번이나 밀고 잡아당겼지만, 문은 1밀리미터도 움직이지 않았다. 하는 수 없이 문 앞에 웅크리고 앉았다. 그리고 그날 저녁에 보았던 것들을 다시 떠올렸다. 군중, 오락판, 솜사탕, 걸인, 불꽃놀이……. 그러다 내가 길을 잃었다는 사실을 깨달았던 순간까지 거슬러 올라갔다. 분명히 엄마의 손을 잡고 있었지만, 어느 순간 엄마는 거기 없었다. 그사이가 이해되지 않았다. 나는 문 앞에서 몸을 웅크린 채 그렇게 잠들었던 것 같다. 깨어났을 때는 늘 그랬듯이 침대 위였다. 그리고 침대 옆 탁자에는 빨간 금붕어가 투명하고 커다란 꽃병 안에서 헤엄치고 있었다.

*

나는 그때 그 강둑에 앉아서 건너편을 바라봤다. 강

건너 대도시로 가야 한다고 생각했다. 이곳에선 아빠 엄마의 자식이지만, 저쪽에선 아무도 나를 알아보지 못할 거고, 어쩌면 그 축제의 밤처럼 또 길을 잃을 수도 있을 것이다. 그때는 아무런 생각 없이 집에 돌아왔었다. 몽유병 환자처럼 걸었고, 집이 마치 자석처럼 나를 끌어당겼었다. 하지만 이번엔 그 자기장을 벗어나기 위해 대도시로 가고 싶었다.

　그때 한 남자가 다가오더니 내 옆에 앉았다. 그는 내게 뭘 찾는 중이냐고 물었고, 나는 그냥 강 건너편 도시를 바라보는 중이라고 대답했다. 그는 내 마음을 이해한다면서 미소를 지었고, 자기는 강 건너편에 살고 있는데 도시를 좀 떨어진 곳에서 바라보고 싶어서 이쪽 강기슭으로 자주 온다고 했다. 그러고는 손가락으로 40층이나 50층은 될 법한 고층 건물을 가리키며 저기가 자기 집이라고, 함께 자기 집에 가보자고 말했다. 사탕도 많이 줄 수 있다고 덧붙이며. 어른들은 왜 아이들이라면 당연히 사탕을 좋아하리라고, 아이들이 그 사탕을 받기 위해 어디든지 따라가리라고 생각하는지. 나는 그의 집에 가고 싶긴 하지만, 사탕 때문에 가는 건 아니라고 대답했다. 그는 놀라면서도 한편으로는 안심하는 듯했다.

그가 내 손을 잡았고, 우리는 나란히 그 다리를 건넜다. 그의 손바닥은 크고 축축했고, 손등엔 털이 거의 없어 매끄러웠다. 우리 아빠 손은 털이 많다고 말했더니 그는 미소를 지으며 자기는 손등도 면도한다고 대답했다.

대도시 안으로 들어갈수록 건물들은 점점 더 거대해졌다. 나는 자꾸만 고층 건물들의 층수를 세어보느라 고개를 쳐들고 눈을 떼지 못했다. 그가 산다는 아파트 밑에 이르렀을 때, 우리는 복잡한 비밀번호를 눌러야 열리는 문을 몇 개나 지났다. 그리고 23층까지 승강기를 타고 올라갔다. 빠르게 땅에서 치솟는 느낌이었다. 현기증이 났다.

그 남자는 굉장히 큰 원룸에 살고 있었다. 거실 중앙에 욕조가 있고, 벽에는 벗은 남자들 사진과 추상화 수십 점이 걸려 있었다. 커다란 통유리창이 인접한 다른 고층

건물들 쪽으로 나 있었는데, 창문에 비치는 그 건물들의
외관을 봐서는 사람이 산다고는 조금도 생각할 수 없었다.
내가 사는 도시는 너무 멀어서 거의 보이지 않았다. 문득
그 도시가 나 없이도 잘 있으리라는 사실이 실감됐다.

그 남자는 하이파이 스테레오를 켜고, 우리 아빠와 엄
마가 듣는 음악과는 다른 음악을 틀었다. 음악이 방의 각
모퉁이에 놓인 네 개의 커다란 검은 스피커들을 통해 울
려 퍼졌다. 남자가 소파에 앉으라고 했고, 나는 주의 깊게
그 음악에 집중했다. 피아노 소리가 들렸다. 몇 개의 음만
이 이어졌는데, 그사이에 기나긴 침묵이 있었다. 이따금
한 목소리가 신음하며 낮은 음으로 콧노래를 흥얼거렸다.
순간 배 안에서 젖은 솜뭉치 같은 게 점점 부풀어 오르면
서 내 안의 뭔가를 밀어내는 듯한 느낌이 들었다. 남자가
괜찮으냐고 물었지만 대답할 수 없었다. 조금 뒤 그가 초
콜릿 케이크 한 조각을 권했다. 첫입부터 구역질이 났지만
끝까지 다 먹었다. 그러자 목이 몹시 말랐고, 머리 안에서
음악이 크게 울리기 시작했다. 나는 돌아가야겠다고 말했

다. 남자의 얼굴이 급격히 어두워졌다. 하지만 나를 붙잡
지는 않았다. 나는 소파에서 일어나 방을 가로질러 현관문
을 열었다. 그동안 남자는 한마디도 하지 않았다. 나는 뒤
도 돌아보지 않고 그곳을 나왔다.

    나는 밖에 나와 걸어왔던 도로를 다시 거꾸로 걸었고,
다시 다리를 건너서 우리 도시로 돌아갔다. 돌아오는 길은
갈 때보다 훨씬 짧게 느껴졌다. 아이스크림 파는 아저씨는
이미 사라졌고, 친구들도 놀이터에 없었다. 부모가 찾으러
오기를 기다리면서 아직 놀고 있는 아이들이 몇몇 있기는
했다. 나는 아까 낮에 앉아서 친구들을 바라보던 벤치에
앉았다. 그리고 가출을 후회했다. 아빠와 엄마가 사방팔방
으로 나를 찾아다니며 경찰에 신고했겠지. 부모님이 내게
물으면 뭐라고 대답을 해야 할지 아무 생각도 나지 않았
다. 아빠, 엄마는 틀림없이 무척 화를 낼 터였다.
    해가 떨어질 무렵, 나는 광장을 떠났다. 거리에 저녁
밥 짓는 냄새가 떠돌고 있었다. 나는 발을 질질 끌면서 집

까지 걸었고, 문 앞에 서서 한참을 망설이다가 현관문을
열었다.

　집 안에 들어서니 아빠는 텔레비전을 보고 있었고, 엄
마는 저녁 준비를 하고 있었다. 엄마도 아빠도 불안해하거
나 화를 내는 표정이 아니었다. 늘 똑같은 일요일 저녁처
럼 평온했다. 나는 내 방으로 들어갔고, 불을 켜기도 전에
온종일 주머니에 묵직하게 들어 있던 동전들부터 몽땅 꺼
냈다. 어둠 속에서 동전이 액체처럼 주르륵 떨어지는 소리
가 부드럽게 퍼졌다.

Canicule

폭염

나는 너를 바라볼 때마다 너의 이름을 생각한다. 너의
부모님이 그보다 더 좋은 이름을 고를 순 없었을 테다. 네
이름은 너를 닮았고, 그 이름은 다른 무엇보다 너에게 잘
어울린다.

　나는 길고 가느다란 너의 팔다리와 약간 굽은 등을 바
라본다. 내 시선은 네 척추에서 목덜미까지 따라가다가 땀
으로 축축해진 어두운 빛깔의 짧은 머리칼 속에 푹 잠겨버
린다. 너의 피부는 짙게 그을린 갈색이다. 휴가철 태양의
자취뿐 아니라 봄, 여름, 가을, 겨울 그리고 각 계절 사이

사이에 존재하는 시간까지 포함하여, 그 모든 계절의 수백 가지 빛을 간직한 그런 갈색. 네 눈은 마치 동물의 눈 같다. 너는 여기서 먼 곳, 거친 자연 속에서 자란 것만 같다.

첫날, 넌 지각했다. 선생님이 출석을 부르는데, 네 이름을 불렀을 때 교실은 침묵만이 맴돌았다. 우리는 선생님이 호명한 아이를 찾느라고 사방을 두리번거렸다. 선생님은 단호한 목소리로 너의 이름을 다시 발음했고, 교실엔 너의 이름만 공허히 울려 퍼졌다.

십여 분이 지난 후에 네가 교실 뒷문으로 들어왔다. 우리와 달리 너는 교복을 입지 않았고 가방도 메고 있지 않았다. 하얀 폴로 셔츠에다 머리에 눌러쓴 운동모자가 전부였다. 마침 내 앞에 빈자리가 있어서 너는 거기 앉았다. 선생님이 다시 네 이름을 부르자 넌 고개를 까딱하며 훈련하다가 오는 길이라고 말했다. 선생님은 너 때문에 중단되었던 교내 규칙을 다시 설명했지만, 내겐 그 목소리가 아주 멀리서 들리는 것처럼, 아무 의미 없는 말처럼 들렸다.

나는 선생님의 목소리를 아무 생각 없이 흘려들으면서 네 목덜미만 바라보았다.

점심시간이 되자 넌 종소리가 채 끝나기도 전에 교실을 나갔다. 다른 학생들은 벌써부터 삼삼오오 짝을 짓기 바빴다. 몇몇 아이들이 네 이름을 입에 올리기에, 난 꼼짝하지 않고 의자에 앉아 너에 관한 이야기에 귀를 기울였다. 그 애들은 너랑 같은 중학교 출신이라며 다른 아이들에게 네가 믿을 수 없을 정도로 테니스를 잘 친다고, 이미 챔피언 상을 여러 번 받았으며 반드시 유명 선수가 될 거라고 말했다. 네가 훈련 때문에 모든 수업에 참석할 순 없을 거라는 생각이 들었다. 너랑 같은 중학교에 다녔다는 애들은 자기들이 다른 아이들보다 먼저 너를 만났다는 것과 너에 관한 이야기를 말해줄 수 있음을 몹시 자랑스러워했다. 그 애들은 마치 네가 그들의 제일 친한 친구라도 되는 양 행세했다.

잠시 후 그 애들이 모두 점심을 먹으러 식당으로 가자

교실은 급격히 고요해졌다. 교실엔 이제 나밖에 남지 않았다. 학교를 다니며 다양한 과목에서 많은 것을 배웠지만 나는 친구 사귀는 법도, 쉬는 시간에 아무 생각 없이 수다를 떠는 법도 배우지 못했다. 다른 아이들은 대부분 별 어려움 없이 자기 자리를 찾는 것처럼 보였다. 하지만 나는 아무런 가능성도 없는 노력을 일찌감치 중단했다. 난 의자에서 일어나 내 처지를 체념하며 교실 문을 나섰다.

식당에 들어서자 왁자지껄하는 소리에 귀가 먹먹해졌다. 학생들은 대화를 위해 거의 소리를 질러댔다. 빵 조각, 밥알, 작은 고깃덩어리가 쉴 새 없이 아이들 입 안팎을 드나들었고, 마치 전쟁터에 빗발치는 총알처럼 식탁 위에 떨어지기도 했다.

나는 쟁반을 든 채로 잠시 식당 안을 방황하다가 마침내 눈에 띈 빈 테이블 끝자리에 앉아 다 식은 음식을 억지로 꾸역꾸역 밀어 넣었다. 자리를 찾는 아이들이 은근히 내게서 먼 자리에 앉으려 한다는 게 느껴졌다. 마치 내가

무슨 전염병이라도 걸린 것처럼. 나는 식판을 비우고 물
한 잔을 마신 뒤 구내식당을 떠났다. 물에서 나는 소독약
의 뒷맛이 입안에 맴돌았다.

교실로 돌아올 때는 테니스 코트 앞을 지났다. 테니스
코치가 너에게 공을 던졌고, 넌 크고 절도 있는 동작으로
받아쳤다. 햇빛을 받은 너의 폴로 티셔츠는 눈이 부실 지
경이었고, 네 피부는 교실에서 봤을 때보다 더 짙어 보였
다. 강렬한 햇빛 아래, 너는 조금 지친 듯했다. 코치가 한
차례 더 연습하자고 했고, 넌 그의 공을 받기 위해 사방으
로 뛰어다녔다. 네 목과 관자놀이에서 땀방울이 떨어졌다.
그 땀방울들이 공중으로 튀는 것까지 눈에 선히 보였고,
그 순간 공중으로 퍼져가는 그것들을 모아서 맛보고 싶다
는 충동이 들었다. 머리가 무겁고 혼란스러웠다. 나는 침
을 꿀꺽 삼켰다.

그때 여자애들 한 무리가 조금 떨어진 곳에서 나처럼
가던 길을 멈추고 너를 보고 있다는 걸 깨달았다. 그 애들
은 네 동작 하나하나에 눈을 떼지 못했고, 네가 공을 받아

칠 때마다 작은 탄성을 질렀다.

　수업 시작을 알리는 종소리가 울리자 그 애들은 반사적으로 돌아서서 모두 함께 떠났다. 나는 조금 더 지체하다가 마지못해 내키지 않는 걸음을 옮겼다.

　교실에는 처음 보는 선생님이 탁자에 앉아 있었다. 그의 얼굴을 본 순간 쪼글쪼글하게 늙은 잿빛 생쥐가 떠올랐다. 두꺼운 안경이 그의 얼굴을 양분하고 있었다. 선생님은 자기 소개도 없이 다짜고짜 "1번!"이라며, 가나다순으로 된 출석부의 첫 번째 학생을 불렀다. 선생님은 그 아이에게 일어나서 교과서 첫 페이지를 큰 소리로 읽으라고 했다. 1번 아이는 즉시 일어나서 책을 읽기 시작했지만 열다섯째 줄 끝에서 한 단어를 더듬었다. 선생님은 무뚝뚝한 말투로 낭독을 중단시키고 2번을 불렀다. 2번은 1번이 멈춘 대목에서부터 다시 읽었지만 몇 문장 읽더니 역시나 한 단어를 더듬었다. 선생님은 즉시 중단시키고 3번을 호명했다. 3번이 실수하자 4번이, 그다음엔 5번, 6번…… 이런

식으로 낭독이 죽 이어졌다. 우리는 자기 이름이 불릴 때
마다 마치 넘어지는 것만큼이나 갑작스럽게 벌떡벌떡 일
어났다. 너의 차례가 왔을 때는 이미 절반의 아이들이 서
있는 상태였다. 선생님이 네 번호를 불렀지만 교실은 조용
했다. 한 아이가 네가 테니스 훈련 중이라서 교실에 없다
고 설명했다. 선생님은 그 말을 무심하게 받아들이는 듯했
다. 너의 다음 차례는 바로 나였다.

나는 한 음절이나 한 단어도 더듬거리거나 잘못 읽
지 않으려 최대한 집중하면서 읽었다. 내가 발음하는 단어
의 뜻은 내 머리에 들어오지 않았다. 문장의 의미는 내게
서 미끄러져 사라졌다. 나는 꽤 오래 정확하게 읽었다. 내
가 책을 읽어나갈수록 교실에 긴장감이 느껴졌다. 그런데
어느 순간 선생님이 손을 들고 나더러 멈추라는 표시를 했
다. 그러곤 다가와 출석부로 내 머리를 철썩 때리면서 목
소리가 너무 작아서 하나도 듣지 못했다고 말했다. 나는
아무 대답도 못 한 채 그를 바라봤다.

종이 울리고 선생님은 교실을 떠났다. 학생들은 즉시

끼리끼리 모였다. 대부분 충격을 받은 듯했고, 저렇게 강압적인 사람과 수업을 해야 하냐면서 불평했다. 하지만 아이들은 쉬는 시간이 채 끝나기도 전에 모든 걸 다 잊은 듯이 다시 활기를 찾았다.

몇 주가 흘렀다. 이제 우리는 모든 선생님에게 익숙해졌고, 교실에서 각자에게 주어진 역할에도 익숙해졌다. 반에서 제일 공부를 잘하는 애, 카리스마를 가진 애, 항상 다른 애들을 웃게 만드는 애, 시끌벅적한 애 등등. 나는 늘 말이 없는 애였다. 처음에는 몇몇 애들이 나와 친해지려고 노력하기도 했다. 하지만 자기들의 그런 시도가 날 더 불편하게 만든다는 걸 금방 깨달았고, 결국 돌아서고 말았다. 그 이후 아이들은 나의 고립과 침묵을 깨뜨릴 시도를 더는 하지 않았다. 내가 온종일 단 한 문장도 말하지 않는 날도 종종 있었다. 그런 날은 집에 돌아와 목소리를 잃지 않았는지 확인하기 위해 한두 마디 혼잣말을 해보곤 했다.

솔직히 내겐 이 역할이 잘 맞았다. 덕분에 나는 완전

히 자유롭게 너에게 집중할 수 있었다. 교실에 도착하면 내 시선은 자동으로 네 자리로 향했다. 난 한 번도 감히 너에게 말을 걸지 못했다. 네가 출석을 했건 말건 나는 언제나 네 의자와 책상을 집어삼킬 듯 바라보았다. 너의 책상 위엔 정성스럽게 접은 작은 편지들이 자주 놓이곤 했다. 너를 찬양하는 애들이 예쁜 손글씨로 쓴 편지들이었다. 때로는 손수 만든 과자나 케이크, 세심하게 포장한 작은 선물들이 놓이기도 했다.

네가 수업에 들어오는 날은 일주일에 한 번이 될까 말까였고, 그것도 오래 머무르지 않았다. 네가 교실에 오는 날이면 넌 애들이 쓴 편지를 자리에서 모두 읽었고, 다 읽은 후엔 그것들을 네 책상 서랍 속에 넣었다. 난 네가 답장 쓰는 걸 한 번도 보지 못했다. 사실, 네가 답장 쓸 생각을 한다는 것 자체도 상상이 되지 않았다. 이해하기 어려워서가 아니라, 실은 넌 텅 빈 사람처럼 보였기 때문이다. 어떤 욕망이나 감정도 느끼지 않는 사람 같았다. 어쩌면 바로 그 점 때문에 아이들이 너에게 열광했을 수도 있다. 너

는 마치 거울이 반사하듯이 그들의 숭배를 무심하게 돌려
보냈다.

나 역시 너에게 뭔가를 써서 보내고 싶었다. 그래서
두세 번, 내 방에 틀어박혀 너를 위한 단어들을 찾아보려
애썼지만 결국은 포기했다. 나는 내 안에서 일어나는 감정
이 무엇인지 정확하게 깨닫지 못했다. 그것, 그 감정은 내
안에 불투명하고 불명확한 이름으로 남아 있었다. 난 다
른 애들이 부러웠다. 그 애들은 너에게 편지를 쓸 수 있으
니까. 그 애들은 너에게 선물하는 걸 자연스럽게 생각하니
까. 나랑은 달리 그 애들은 자기 마음이 말하는 것을 듣고
해석하는 데 아무런 어려움이 없었다.

여름이 왔다. 몇몇 아이들이 무더위 속에서 필사적으
로 손부채질을 해댔다. 열린 창문을 통해 무거운 공기와
함께 네가 코트에서 공 치는 소리가 교실까지 전해졌다.
그것은 경쾌한 리듬의 소리였고, 나는 그 소리가 듣기 좋
았다. 공들이 네 라켓 위에서 기쁘게 튀어 오르는 것이 그

려졌다. 난 오른쪽 왼쪽으로 포핸드와 백핸드를 반복하고, 굵은 땀방울을 흘리며 더위 속에서도 오로지 공에 집중하고 있을 네 모습을 상상했다. 여름 무더위와 너. 둘은 서로 연결되어 있었다. 네가 계속 공을 치고 있는 동안은 결코 이 무더위가 약해지지 않을 것만 같았다. 왜 그런지 몰라도 네가 공을 치는 소리는 늘 나를 편안하게 했다.

어느 날 텔레비전에서 너를 보았다. 청소년 선수권 대회에서 네가 참가했던 시합을 중계방송하고 있었다. 기자들은 너를 전도유망한 선수라고 소개했고, 카메라맨들은 네 얼굴을 클로즈업해서 사진을 찍었다. 그땐 너의 얼굴이 갑자기 평소와 다르고 낯설게 보였다. 마치 모르는 사람의 얼굴처럼. 시합이 시작되자 넌 무서울 정도로 진지한 표정이 되었고, 난 텔레비전 앞에서 있는 힘을 다해 주먹을 꼭 쥔 채 너를 응원했다.

학교에서 넌 점점 더 선망의 대상이 되었다. 소녀들

은 모두 너에게 반해 있었고, 넌 그 애들에게 하루하루를
살아갈 이유가 되었다. 엄격하고 딱딱한 학교에서 넌 별과
같은 존재였고, 그들에게 빛을 비춰줄 수 있는 유일한 인
물이었다.

　네 생일은 한여름이었다. 그때는 여름방학 중이었지
만, 우리는 시험 준비를 위해 학교에 나와야 했다. 네 생일
날, 너의 가장 열렬한 숭배자들이 생일을 축하한다고 학교
벽에 플래카드까지 붙였다. 그리고 그 위에 온갖 색깔로
네 이름과 축하 메시지를 적었다. 그 애들은 줄곧 네 이야
기만 했다. 심지어 일종의 팬클럽까지 만들었다. 너에 대
한 찬사가 그 애들을 서로 묶어주는 유일한 요소였다. 그
날, 그 애들은 쉬는 시간에 테니스 코트로 가서 너에게 꽃
다발을 주었고, 양초를 꽂은 엄청나게 큰 케이크와 자그마
한 선물들을 한 무더기 주었다. 그리고 있는 힘껏 생일 축
가를 불렀다. 멀리 있던 나는 입술 모양으로만 그 노래를
따라 불렀다. 그리고 너는 촛불을 훅 불어서 껐다.

여름의 열기가 테니스 코트로 쏟아졌고, 케이크 크림
이 녹기 시작했다. 너의 추종자들과 너, 그리고 멀리서 너
를 바라보는 나. 우리는 개처럼 헐떡거렸다.

*

여름이 끝나갈 무렵, 처음으로 학교 밖에서 너를 보았
다. 나는 시내에 있는 한 서점에서 막 나온 참이었고, 집으
로 돌아가기 위해 버스를 타려고 했다. 그런데 거기, 버스
정류장에 네가 있었다. 너는 다른 소녀의 손을 꼭 잡고 있
었다. 난 너에게 인사를 할까 말까 망설였다. 그때까지 우
린 한 번도 말을 해보지 않았던 데다, 네가 나를 알고 있
는지조차 확신이 서지 않았기 때문이었다. 하지만 내가 무슨
일을 하고 있는지 미처 자각하기도 전에 내 손은 이미 네
어깨를 건드리고 말았다.

너는 꽤 놀란 것 같았지만 그래도 네 옆에 서 있던 그
소녀만큼은 아니었다. 그 애는 잡고 있던 네 손을 황급히

놓았다. 너와는 반대로 그 애는 하얀 피부에 근육이라곤 찾아볼 수 없는 연약한 팔을 갖고 있었다. 그 애는 먼저 경계하는 표정으로 나를 위아래로 훑어보았지만 내가 인사하자 조금 더 부드러운 태도를 보였다. 그 애의 얼굴을 보면서 뭔가 생각날 듯 말 듯했지만, 이전에 어디서 보았는지 도무지 기억이 나지 않았다. 우린 서로 아무 말 않고 잠시 그냥 그렇게 있었다. 나는 제일 먼저 온 버스에 급히 올라탔다. 내 눈엔 차도도 보이지 않았다. 나중에야 버스를 잘못 탔다는 걸 깨달았지만, 그때는 벌써 시내를 한참 벗어난 후였다. 나는 다음 정류장에서 내려 반대 방향으로 가는 버스를 타기 위해 길을 건넜다. 오랫동안 버스를 기다렸다. 집에 도착했을 때는 이미 컴컴한 밤이었다.

그 후 얼마 되지 않아, 나는 너와 함께 있던 그 소녀를 학교 복도에서 마주쳤다. 그 애는 나를 금방 알아보고 내게 미소를 지으며 인사를 했다. 난 네가 이런 사람을 좋아하는구나 하는 생각을 멈출 수 없었다. 그 애는 교복 블라

우스에 상급반 배지를 달고 있었다. 나는 그 애에게 애써 미소를 지어 보였고, 곧 고개를 숙인 채 가던 길을 갔다.

*

여름 중에서도 제일 무더운 어느 날 밤, 나는 너의 꿈을 꾼다. 그 꿈에서 나는 너와 만나기로 한다. 나는 집에서 오랫동안 샤워를 한 뒤에 내 옷을 모두 꺼내 방바닥과 침대 위에 펼쳐놓고, 가장 예쁜 옷을 고르느라 정신이 없다. 원피스들을 하나씩 차례로 입어보지만, 거울을 볼 때마다 내 모습이 못생기고 우스꽝스럽게 보인다. 그래서 땀이 비 오듯 흐를 때까지 옷을 갈아입고 또 갈아입는다. 나는 다시 욕실로 돌아가 샤워를 하고, 비누질하고, 다시 머리를 감고, 정성스럽게 헹구고, 몸을 닦는다. 그리고 옷을 다시 하나하나 입어본다. 스커트, 바지, 블라우스, 티셔츠……. 약속 시각이 다가오는데도 난 여전히 결정을 내리지 못한다. 나는 결국 옷을 벗고 구겨진 옷들을 모두 바닥에 내버려둔 채 완전히 벗은 몸으로 집을 나선다. 너는 거리에서 나를 기다리다가 너를 향해 다가가는 나를 본다. 나는 너의 눈이 나의 붉어진 얼굴에서 내 가슴의 보랏빛 젖꼭지로, 다시 나의 둥근 배로, 검은 음부로, 그리고 가느다란 다리로 내려가는 걸 본다. 내가 네 앞에 이르자 넌 나를 품에 안고, 나는 힘들게 숨을 몰아쉰다. 공기가 더 더워진 것 같다. 나의 땀구멍이 일제히 땀을 배출하기 시작한다. 땀구멍이 크게 열리고, 내 몸에 있던 모든 수분이 빠져나갈 것만 같다. 너의 손가락들이 내 축축한 등을 따라 미끄러지며 내려간다. 난 점점 더 혼미해지고, 점점 더 뜨거워지며, 점점 더 많은 땀을 흘린다. 대체 그 많은 양의 액체가 전부 어디서 나오는지 이해할 수 없다. 그리고 바로 그 순간에 꿈에서 깨어난다. 밤의 열기에 숨이 막히고, 이불은 땀에 젖어 있다. 관자놀이가 지끈거린다. 난 부모님을 깨우지 않으려고 발끝으로 조심스럽게 방을 나와 샤워를 하고 머리에 수건을 감은 채 거실 소파에 가서 앉는다. 그리고 움직이지 않는다. 그저 날이 밝기를 기다린다.

*

교실에서 다른 아이들이 작은 소리로 속삭인다. 분위기로 보아 무언가 나쁜 일이 일어났다는 게 금방 느껴진다. 나는 책상 위에 엎드려 두 팔로 머리를 감싼다. 그 어느 때보다도 피곤하다. 그러다 주위에서 아이들이 주고받는 이야기의 단어와 문장이 조금씩 들리기 시작한다. 여러 차례 원망스러운 목소리로 발음되는 너의 이름도 들린다. 아이들이 너희, 그러니까 너와 버스 정류장의 소녀가 함께 있는 걸 본 것이다. 아이들은 너희가 서로 입 맞추는 걸 봤다고 했다. 그들의 이야기를 들으면서 난 내 꿈의 마지막 부분을 다시 떠올린다. 그 상세한 요소들이 아이들의 목소리와 그들이 표현하는 혐오감과 뒤섞인다. 공격적인 말의 물결이 조금씩 나를 덮친다. 나는 여전히 책상에 머리를 묻고 있다. 마치 무덤 속에 있는 기분이다.

며칠 후 네가 교실에 들어온다. 지금까지 한 번도 보

지 못한 복장이다. 평소에 입던 짧은 바지와 폴로 티셔
츠 대신 입은 평범한 교복……. 무릎까지 내려오는 감청
색 스커트 밑으로 뻗은 네 다리가 어색해 보인다. 너의 손
목을 휘감은 붕대가 눈에 띈다. 넌 사고를 당했다. 그래서
이제 다른 애들과 함께 교실에서 지내야 한다. 더는 코트
로 도망칠 수 없다. 네 책상은 작은 편지 봉투와 섬세하게
포장된 선물 대신 수정액으로 갈겨쓴 욕설들로 뒤덮여 있
다. 너에게 숙제를 알려주거나 선생님이 준 자료를 전해주
는 친절을 베푸는 아이는 단 한 명도 없다. 그리고 지금까
지 서로 앉으려고 다투던 네 오른쪽 옆자리는 이제 아무도
탐내지 않는다. 쉬는 시간이면 다른 반 애들까지 와서 깔
깔대며 너를 조롱한다. 넌 아무와도 말을 하지 않고, 움직
이지도 않는다. 네 얼굴은 무감각해서 무슨 생각을 하는지
도무지 알아낼 수가 없다.

　　마침내 여름이 초가을에 자리를 물려주고 떠났다. 이
젠 창문을 열려고 하는 사람은 아무도 없고, 네가 몇 시간

씩 쳐대던 테니스공 소리 대신 비바람이 창문을 두드린다. 너는 교실에서 길을 잃은 사람처럼 내 앞에 앉아 있고, 나는 첫날처럼 네 목덜미를 바라본다. 너의 구릿빛 피부는 이제 거의 빛나지 않는다.

*

수업 시간이 모두 끝났지만 나는 교실을 떠나지 않는다. 아이들이 모두 다 나가길 기다렸다가 일어나서 창가로 간다. 갑갑하던 기나긴 오후가 끝나고, 창문 밑에서 움직이기 시작하는 애들을 바라본다. 그들은 삼삼오오 짝을 지어 웃음을 터뜨리고 비밀스러운 귓속말을 주고받는다. 아이들이 하나둘 교문을 나서자 교실에도 침묵이 내려앉는다. 나는 그제야 몸을 돌리고 책상들을 하나하나 관찰한다. 마치 책상과 책상 주인이 서로 분리될 수 없다는 듯 책상마다 책상 주인의 서로 다른 얼굴들이 하나씩 떠오른다.

나는 필통에서 커터칼을 집어 들고 날을 꺼낸 다음 네

책상으로 다가간다. 먼저 손가락 끝으로 책상 표면을 쓸어
본다. 다른 아이들이 남겨놓은 욕설과 조롱을 읽으면서 넌
무슨 생각을 했을까? 네 표정엔 작은 감정도 드러나지 않
았다. 나는 책상 위에 칼날을 대고서, 그 욕설들을 조심스
럽게 긁어낸다. 너를 향한 욕설이 모두 부서져, 더는 아무
뜻도 전하지 않는 하얀 가루로 변한다. 책상 위를 입으로
훅 불자, 가루들이 흩어져 바닥에 떨어진다. 책상이 다시
깨끗해진다. 하지만 학년 초의 그런 깨끗함은 아니다. 내
가 만든 무수한 칼날 자국들이 뒤덮고 있으니까. 나는 혹
시라도 남아 있는 글자가 없는지 찬찬히 살피고 내 책상을
네 책상 옆으로 옮긴다. 그리고 교실을 나선다.

다음 날 아침 교실에 들어서자, 늘 그렇듯이 속삭이
는 소리가 여기저기서 들린다. 하지만 이번에 문제의 주인
공은 다름 아닌 나다. 아이들이 내게 악의에 찬 시선을 퍼
붓는다. 내 책상은 온갖 욕설로 뒤덮여 있다. 내 등을 향해
종이 뭉치들이 날아오고, 뒤에서 아이들이 웃음을 터뜨리

는 소리가 들려온다.

　네가 교실에 들어오는 순간 모두의 시선이 일제히 너에게로 향한다. 너는 다른 아이들에겐 조금도 상관하지 않고 교실을 가로질러 침착하게 내 옆에 앉는다. 나를 바라보는 네 시선이 느껴진다. 나는 고개를 돌려 너를 바라본다. 네가 있는 소용돌이의 공간으로 들어가는 기분이다. 악의에 찬 주변 시선에도 여전히 평소와 똑같이 고요한 눈이 내 앞에 있다. 내가 사랑하는 눈이.

Ouïe

청각

Ouïe

태아에게 청각은 가장 예민한 감각이라고 한다. 엄마의 순환계통과 심장계통, 소화계통에서 나는 소리까지 다 듣는다는 걸 보면……. 태아에겐 선택권이 없다. 태아는 어떤 소리도 걸러낼 수 없다. 마구 뒤섞여서 양수를 통과해 들려오는 엄마 목소리, 그 리듬, 억양, 그리고 외부 소리까지. 불명확한 날것 그대로의 소리에 둘러싸여 있다. 그러다 세상 밖으로 나오면 자신의 심장 소리만 듣게 된다. 이제 다른 심장은 자신에게 속하지 않는다는 것, 이제 그 심장으로부터 분리되어야 한다는 것, 오직 하나의 심장

만으로 살아야 한다는 사실을 깨닫는다.

엄마와 나는 작은 아파트에 살았다. 직장에서 돌아온 엄마가 집에 와서 가장 먼저 하는 일은 리모컨을 손에 쥐고 거실 텔레비전을 켜는 일이었다. 엄마가 내게 인사를 하는 경우는 드물었고, 하물며 오늘 하루는 어땠느냐고 묻는 일은 더더욱 없었다. 일단 거실 텔레비전이 켜지면 엄마는 옷을 갈아입기 위해 엄마 방으로 가서 그 방에 있는 작은 텔레비전을 켰고, 그다음엔 주방으로 가서 주방 수납장 밑에 부착된 라디오 버튼을 눌렀다. 화장실에도 라디오가 한 대 있었는데, 엄마는 그것마저 켰다. 그것은 안테나 길이를 있는 대로 늘린 트랜지스터였다. 트랜지스터에 달린 작은 스피커는 먼지가 소복이 덮여 있어서 가장 낮은 진동수의 소리만 내보냈으며 그 소리는 윙윙대는 환풍기 소리와 뒤섞였다. 우리 집에 켜놓은 여러 개의 라디오와 텔레비전 방송들 사이에 공통점이라곤 전혀 없다. 거실 텔레비전에서 연속극을 방송할 때 침실에서는 뉴스가, 주방에서는 바로크 음악이, 그리고 옹색한 화장실에서는 헤비 메탈 음악이 흘러나왔다. 그 결과 이 모든 방송이 한꺼번에 뒤섞여 어떤 내용도 제대로 알아들을 수 없이 귀에 거슬리는 불협화음만 들렸다.

나는 엄마에게 감히 볼륨을 낮춰달라고 부탁하지 않았고, 내가 직접 텔레비전이나 라디오를 끄는 일은 결코 하지 않았다. 끊임없이 들리는 이 소리가 엄마와 나 사이에 장벽을 만들었다. 그 장벽 때문에 엄마는 내게 닿을 수 없는 존재처럼 보였다.

아주 오래전, 이 소음 때문에 내가 울었던 적이 있다. 내 생애 첫 번째 기억인 셈인데, 설명하자면 이렇다. 내가 요람 안에 누워 천장을 바라보고 있는데, 갑자기 사방에서 나를 둘러싼 혼돈의 소리가 신경 쓰인다. 그 소리가 마치 가시처럼 나를 찌르기 시작한다. 나는 울부짖지만 아무도 나를 보러 오지 않고 가시들이 계속해서 내 귀를 관통한다. 나는 점점 더 크게 울어댄다. 내 울음소리가 오히려

주위의 모든 소리로부터 날 보호해주고, 나는 얼마든지 울 수 있으며, 이렇게 내 울음소리 내부에 머물면서 다른 소리로부터 도피할 수 있다는 걸 막연하게 이해할 때까지.

많은 세월이 흘러 엄마가 준 용돈을 내 마음대로 쓸 수 있게 된 날, 나는 제일 먼저 쇼핑센터에 이어폰을 사러 갔다. 우리 집을 온통 장악한 소음에 오직 단 하나의 음악, 유일한 음원으로 맞서야겠다는 생각이 어느 날 문득 들었던 까닭이다. 나는 당장 처음 눈에 들어온 이어폰 한 쌍을 집어 계산대로 향했다. 줄을 서서 기다리는 동안 내 심장이 격하게 고동치고 두 손은 땀으로 촉촉이 젖었다. 이유는 모르겠지만 계산대 점원이 이어폰을 못 사게 할지도 모른다는 생각에 겁이 났다. 드디어 계산대 앞에 섰을 때, 나는 어색한 미소를 지으며 긴장감을 지우려고 애썼다. 점원은 내게 차가운 시선을 던지면서 영수증과 함께 이어폰을 내밀었다.

나는 집으로 돌아와 곧장 화장실로 숨어들었다. 엄마

는 이미 돌아와 있었고, 늘 그렇듯이 텔레비전과 라디오가
있는 대로 모두 켜져 있었다. 나는 변기 뚜껑 위에 앉아 조
심스럽게 이어폰을 귓속에 넣었다. 즉시 주변 소리가 희미
해졌다. 마치 하얀 눈이 주변을 모두 덮어버린 것처럼. 이
어서 이어폰을 작은 트랜지스터에 연결하자 지지직거리는
소리와 단속적인 잡음이 나더니, 곧이어 음악이 흘러나왔
다. 그때 들었던 그 곡조를 그 후로 다시 찾을 수 없었다.
다만 클래식 음악이었고, 무슨 교향곡이었다는 것만 기억
날 뿐이다. 그때는 그게 어떤 음악인지 조금도 중요하지
않았다. 그저 귓속으로 한 음씩 연이어 들려오는 순수한
소리에 매혹되었고, 이전에는 한 번도 느껴보지 못했던 부
드러움에 매혹되었다. 이제 집 안에 군림하는 소음을 더는
듣지 않아도 되었다. 나는 내게 명확하게 와닿는 그 특별
한 소리, 그 리듬, 그 멜로디에만 감각적으로 반응했다. 그
리고 내 인생에서 처음으로 **음악**이라는 단어의 진짜 의미
가 무엇인지 이해할 수 있었다.

그날부터 화장실 라디오를 내 것으로 삼았다. 그러자 엄마는 재빨리 다른 트랜지스터를 그곳에 갖다 놓았다. 얼마 후에 난 휴대용 CD플레이어를 사고 곧장 CD가게에 갔다. 매장 판매대 사이를 돌아다니면서 여기 있는 모든 작곡가, 모든 가수의 노래를 수백만 개의 귀가 듣겠구나 하고 생각했다. 순간 어떤 환상이 보였다. 수많은 사람의 몸에서 떨어져 나와 온전히 음악에 집중하는 수없이 많은 귀, 그리고 그 많은 귀 사이에서 길을 잃어버린 나의 두 귀. 나는 어떤 디스크를 골라야 할지 알 수 없었다. 모든 음악을 다 들어보고 지금까지 작곡된 모든 멜로디를 소화하고 싶었다.

가게 안에서 몇 시간 동안 살펴보고 나서 마침내 세 장을 골랐다. 그 세 장을 고른 이유는 순전히 앨범 커버 때문이었다. 첫 번째 CD 케이스의 커버는 그랜드 피아노를 연주하는 어떤 음악가의 사진이었다. 그는 단추를 절반 정도만 채운 하얀 셔츠를 입고, 어깨 위에는 다 풀린 검은 넥타이를 걸치고 있었다. 내가 특히 당황한 건 그의 표정이었다. 환희와 동시에 고통에 찬 표정. 두 번째 CD 케이스 커버엔 옛날 그림에서 불쑥 튀어나온 듯한 여인이 있었다. 황금빛의 커다란 오각형 별이 그녀를 떠받치고 있었다. 그녀의 눈은 하늘을 올려다보고 있고, 두 손은 황홀한 기쁨을 연상시켰다. 세 번째 CD 케이스에서는 경쾌하고 행복한 표정의 세 남자가 나란히 하늘 위를 걷고 있었다. CD에 포함된 노래들은 내가 모르는 언어로 된 노래들이었는데, 그 역시 내가 매혹된 이유였을 것이다.

　나는 모든 곡조를 외울 정도로 세 장의 CD를 듣고 또 들었다. 그러고 나면 다시 가게에 가서 다른 CD를 샀다. 나는 귀에서 이어폰을 거의 빼지 않았다.

　몹시 붐비는 전철에서 수많은 승객 사이에 있을 때도 나는 보이지 않는 존재가 되어 세상에 혼자 존재한다는 느낌을 받았다. 때로 내게 꽂히는 시선에도 더는 방해를 받지 않았다. 음악이 나를 온전히 감싸고 있었기에 그 누구도 침범하지 못하는 곳, 안전한 장소에 있는 기분이었다.

내 주변 승객들은 비록 깨닫지 못했겠지만, 음악은 그들에게까지 영향을 미쳤다. 그들은 흔들리는 전철의 리듬에 맞춰 비밀스러운 춤을 반복하여 췄고, 그 춤은 나 혼자만 감지할 수 있었다.

밖에 나오니 익숙했던 길거리가 갑자기 낯설게 느껴졌다. 이 또한 음악의 영향이었다. 보도는 더욱 견고해 보였고, 자동차들은 더욱 반짝였으며, 구름은 더욱 선명하고 빛은 더욱 눈부셨다. 지극히 평범하고 보잘것없는 것들도 새롭게 입체감을 가졌다. 나는 비닐봉지가 도랑을 타고 흘러가는 박자를 느낄 수 있었고, 목줄에 매인 개나 비둘기가 보여주는 예측할 수 없으면서도 완벽하게 동일한 동작에 매혹되었다. 음악이 어떻게 이처럼 자기 모습을 드러내지 않은 채 이 모든 것에 영향을 끼칠 수 있는지 이해할 수 없었다. 나는 음악이 나를 둘러싼 모든 것에 마법 같은 효과를 불어넣었다고 확신했다.

그로부터 얼마 지나지 않아 엄마가 학교로 호출되었

다. 담임 선생님이 교실에서 엄마와 단둘이 이야기를 나누기 위해 문을 닫는 순간 선생님의 작은 목소리가 들렸다. "따님에게 문제가 있어요……." 나는 밖에서 기다렸다. 학생들이 다 가고 없는 텅 빈 복도에서. 창문 너머 점차 기우는 태양이 벽을 붉게 물들이고, 내 그림자를 몇 배나 늘려놓았다. 엄마가 교실에서 나와 뭐라고 할지 궁금했다. 나는 절대로 이어폰을 빼지 않는 이유를 합리화하기 위해 여러 변명거리를 준비했다. 심지어 엄마 때문이라고 말할 생각까지 했다. 내 몸과 정신을 공격하는 우리 집의 끊임없는 소음 때문이라고. 우리 집의 소음은 누구도 견딜 수 없을 것이며, 누구라도 나처럼 고통을 받았으리라는 걸 이해시키기 위해서 가능한 한 최대로 냉정하게, 아무 감정 없이 담담하게 말할 준비가 되어 있었다.

하지만 교실에서 나온 엄마는 한마디도 하지 않고 그냥 내 앞을 지나갔다. 심지어 내게 눈길 한 번 주지 않았다. 짧은 순간 복도 바닥에서 엄마의 그림자가 내 그림자 옆에 길게 드리웠다. 내 그림자와 엄마 그림자가 서로 닮아 보였다. 나는 벽에 기대서서 이어폰을 통해 들리는 음악 박자에 맞춰 규칙적으로 또각거리는 엄마의 구둣발 소리를 들으며, 엄마가 멀어져가는 모습을 물끄러미 바라봤다. 그때 내가 뭘 느꼈는지 기억이 잘 나지 않는다. 그것은 실망도, 쓰라린 감정도 아니었다. 아마 그때 나는 엄마로부터 한마디, 단지 한 단어, 한 번의 미소, 모든 걸 바꿀 수도 있을 하나의 몸짓이나 손짓을 기대했을 것이다.

어느 정도 시간이 흐른 후 더는 등교하지 않았다. 해야 할 숙제도, 피해야 할 친구도, 부딪쳐야 할 선생님도 없었다. 나는 점점 더 집 밖으로 나가지 않았다. 주변의 모든 게 필연적으로 후퇴했고, 그다음엔 아예 사라졌으며, 마침내 음악 외엔 어느 것도 남지 않았다. 내 하루는 아주 단순했다. 어떤 의무에도 답할 필요 없이 오직 음악만 흡수했다. 아침부터 저녁까지, 음악이 나를 흔들어 재우게 내버려두었다. 그러다 음악과 내가 일종의 놀이를 하고 있다는 사실을 발견했다. 우리는 번갈아 앞서거니 뒤서거니 경주를 펼치고, 가볍게 서로를 밀쳐내다가 곧 다시 서로를 끌어당기곤 했다. 나뭇잎 밑으로 비치는 햇빛과 그림자의 움직임 같았다. 그러곤 결국 서로 뒤섞였고, 더는 경계를 나누지 않았다.

　엄마는 내게 학교로 돌아가라고 한 번도 강요하지 않았다. 내가 집 안에만 틀어박혀 있는 걸 당연하게 여기는 것 같았다. 직장에서 돌아오면 엄마는 평소처럼 텔레비전과 라디오를 틀었다. 변한 것이 아무것도 없다는 듯이. 나는 귀에 이어폰을 꽂은 채 엄마를 바라봤고 엄마도 때로 나와 눈을 맞췄지만, 나는 그 눈빛에서 아무것도 읽어낼 수 없었다.

　어느 날 귀가 가려워 이어폰을 빼자 노르스름한 액체가 흘러나왔다. 이튿날 염증이 더 심해져서 의사에게 진찰을 받으러 가야 했다. 의사는 이염이라면서 약을 처방해주었고, 절대로 다시는 귀에 이어폰을 꽂지 말라고 했다. 하

지만 나는 병원에서 나오자마자 곧바로 귀에 이어폰을 꽂
았다. 다시는 그 병원에 가지 않았다. 몇 주가 지나자 아픔
이 조금 줄어들었지만 소리가 차츰 들리지 않게 되었다.
귀에 생긴 두꺼운 딱지를 매일 뜯어내도 밤새 다시 딱지가
앉았다. 날이 갈수록 볼륨을 더 높였으나 음악은 하루하루
점점 더 멀어져가는 것 같았다. 그리고 몇 달 후엔 음악이
완전히 사라졌다.

나는 이 난청을 당연하게 받아들였다. 주변 소음으로
부터 나를 분리시키는 데는 이어폰보다 훨씬 더 효과적이
었다. 정체를 알 수 없는, 어떤 낮은 소리만은 아직 들려왔
다. 미세한 맥박 소리나 아니면 희미한 속삭임 같았는데,
별로 거슬리지는 않았다. 그건 또 하나의 다른 음악이었
다. 내 CD에 있는 음악보다 좀 더 원시적이고 좀 더 근본
적인 음악. 그 근원은 내면이었다. 바로 내 몸이 그 음악을
발산했다.

그 당시에 내 유년 시절의 한 장면이 자주 떠올랐다. 내가 일고여덟 살쯤이었을 것이다. 엄마가 사람들이 붐비는 식당으로 날 데리고 갔다. 손님들이 큰 소리로 먹을 것과 마실 것을 주문했고, 얼굴을 붉히면서 서로 소리를 지르거나 웃음을 터뜨리곤 했다. 거기에 그릇 부딪는 소리와 의자 끄는 소리가 더해졌다. 종업원들은 검객만큼이나 유려한 태도로 홀 안을 돌아다니며 우리를 구석 자리로 안내했다. 한 커플이 식사하고 있는 테이블의 옆자리였다. 난 그들을 쳐다보다가, 그들이 뭔가 좀 다르다는 걸 알아차렸다. 그들은 한마디도 하지 않고 조용하게 식사를 했다. 표정은 매우 평온했고 가끔 작은 미소를 서로 주고받았다. 마치 홀 안의 소란스러운 소리가 그들에겐 조금도 영향을 미치지 않는 것 같았다. 그런데 갑자기 여자가 테이블 위에 식기를 내려놓더니 손과 손가락을 빠르게 움직였다. 그제야 난 그들이 귀가 들리지 않는 사람들이며, 수화로 소통한다는 걸 깨달았다.

그 두 사람에게서 느껴지던 깊은 내적 평화를 소유하

려면 나도 귀가 들리지 않아야 했다.

몇 년 후에 나는 엄마의 아파트를 떠났다. 출가는 빠르게 진행되었다. 장애인 수당으로 받은 돈으로 비행기 표 한 장을 사고 짐을 꾸린 뒤에, 그저 모든 걸 뒤에 남겨놓고 떠났다.

나는 멀리, 북쪽으로 떠났다. 비행기에서 내리자 매서운 추위가 세차게 얼굴을 후려쳤지만 몇 분 후엔 그 날씨에 적응이 되었다.

그가 공항에 날 데리러 왔다. 그에 대한 추억이 거의 남아 있지 않았는데도 금방 그를 알아보았다. 피부는 햇볕에 그을려 있었고, 두 눈은 가늘었으며, 홍채는 짙은 잿빛이었다. 키는 그리 큰 편이 아니어서 내 키를 간신히 넘어설 정도였다. 귀가 들리지 않는다는 걸 알리기 위해서 내가 눈을 꼭 감으며 내 귀를 가리키자, 그는 자연스럽게 머리를 끄덕였다. 마치 내 청각 장애가 당연한 순리이거나 조금도 중요하지 않은 문제라는 듯했다.

　우리는 그의 소형트럭에 올라탔다. 뒤 화물칸에는 완두콩, 참치, 정어리, 양배추 통조림들이 가득 쌓여 있었다. 그는 차를 타고 가는 동안 한마디도 하지 않았다. 아마 혼자서 소리 없이 운전하는 데 익숙했기 때문일 것이다. 아니면 귀가 먼 사람에게 말을 걸어봤자 소용없다고 생각했을 수도 있다. 나는 가는 동안 거의 내내 고개를 돌린 채 그를 바라보았다. 옆에서 보는 그의 얼굴은 훨씬 더 냉철하고, 훨씬 더 단호하고, 훨씬 더 냉정했다. 코는 곧고 뾰족했으며, 가느다란 입술은 꼭 다물려 있었다. 가면 뒤에 숨지 않는 사람, 이곳의 차가운 바람과 빛, 눈부시게 하얀 눈에 익숙해진 사람의 옆모습이었다. 내가 자기만 바라보고 있는 게 당황스러웠던지 그는 가끔 나를 향해 잠깐 고개를 돌렸고, 그럴 때면 다시 그의 얼굴 정면을 바라볼 수 있었다. 멀리 있는 듯하면서도 동시에 안심을 주는 친근한 그 얼굴을.

　좁은 도로를 따라 두 시간 정도를 달린 후 그가 소박

하게 생긴 어느 집 앞에 주차해, 우리가 목적지에 도착했
음을 알았다. 그는 내 가방을 들고 집 안으로 들어가더니
벽난로 안에 남아 있던 장작불을 다시 지폈다. 그런 다음
손가락으로 방 한구석에 놓인 침대를 가리키고는 두 손을
포개 뺨에 대며 눈을 감고 잠자는 시늉을 했다. 이어서 작
은 소파를 가리키고는 손을 자기 가슴에 얹었다. 내가 머
리를 끄덕이자 그는 집을 나섰다. 나는 혼자 남았다.

　주위를 바라봤다. 꼭 필요한 최소한의 것들만 있었다.
그를 똑 닮은 장소였다. 나는 벽난로 위에 놓인 액자 속 사
진을 보려고 다가갔다. 미소를 짓는 작은 소녀였다. 오래
전에 그 아이는 사진을 찍는 사람을 향해 미소를 짓고 있
었을 것이다. 그러나 지금 그 아이는 나를 향해 미소를 짓
고 있다. 난 벽난로의 열기로 현기증이 일어날 때까지 그
사진 앞에 서 있었다. 두 뺨이 불타는 듯했다. 예고 없이
피로가 엄습했고, 나는 그대로 침대 위에 늘어졌다.

　몇 시간 동안이나 잤는지 모르겠다. 잠에서 깨어나자

등이 당기고 이명이 들렸다. 꿈에서 어떤 목소리, 속삭임을 들었는데, 내가 무엇을 들을 수 있었는지 기억이 나지 않았다. 다시 고요해질 때까지 침대에 누워 있다가 창문을 열려고 일어났다. 몇 시쯤 되었을지 도무지 짐작이 가지 않았다. 이 지역, 이 계절엔 온종일 태양이 낮게 떠 있다. 새하얀 눈의 반사광이 강렬하게 눈을 찌르는 바람에 눈물이 조금 났다. 나는 눈을 감고, 차가운 공기를 가슴 가득히 들이마셨다. 내 몸에 대해 내가 갖고 있던 의식이 갑자기 예민해졌다.

이곳에선 백색이 모든 것을 뒤덮어버린다. 모든 풍경이 눈 속에 잠겨 있다. 눈은 모든 색깔과 선, 특성을 지워버린다. 동물도 모두 하얗다. 쥐의 털도, 뱀의 비늘도, 새의 깃털도, 모두가 시간이 흘러감에 따라 눈에 파묻혀 하얗게 녹아들었고, 덕분에 포식자들의 발톱을 피할 수 있었다. 동물들은 그림자마저 하얗게 보였다. 이따금 나 역시 눈처럼 하얗게 되는 건 아닐까 하는 생각이 들곤 한다. 머리카락을 주의 깊게 살펴볼 때면, 아닌 게 아니라 빛깔이 이전보다 조금 더 밝아진 것처럼 보이기도 한다.

나는 이 하얀 세계 속에서 마치 드디어 내 집에 온 것 같은 편안함을 느낀다. 이곳과 저곳 사이, 낮과 밤 사이, 오늘과 내일 사이에 어떤 경계도 없는 곳.

그가 함께 사냥하러 가자고 제안했다. 먹기 위해 짐 승을 죽이는 건 내 평생 최초의 일이 될 것이다. 나는 수천 가지 질문을 해본다. 짐승이 내 총에 맞으면 어떻게 반응 할까. 눈 위에 어떤 핏자국을 남길까. 그 털에서는 어떤 냄 새가 날까. 그 살은 어떤 맛일까.

다시 엄마를 생각한다. 엄마가 텔레비전과 라디오의 소음 속에 묻어버리려던 것, 듣고 싶지 않았던 건 무엇이 었을까.

나는 엄마가 그리울까. 엄마는 내가 그리울까.

때로 엄마에게 이 풍경을 보여줄 수 있으면 좋겠다는

생각이 든다. 어쩌면 이 풍경이 엄마에게 어떤 영감을 주고 변화를 줄 수 있을지도 모른다.

조금씩 질문들이 흩어진다. 질문들은 이제 더는 의미가 없다. 내 얼굴이 굳어진다.

이곳에서 나는 짐승의 삶을 배운다. 나는 먹고, 싸고, 숨 쉬고, 잠잔다. 침묵은 점점 더 깊어간다. 천천히, 그리고 확실하게 나는 내 자리를 찾아간다.

Einmal

한번은

당신을 다시 봤던 그 순간을 나는 마치 어제 일처럼 똑똑히 기억한다. 그날은 내가 대사관에서 일하게 된 첫날이었다. 당신은 거기, 그날 있었던 간단한 소개 모임에 다른 사람들과 함께 있었다. 당신은 이름을 알려주면서 내게 손을 내밀었고, 나는 의례적인 인사말과 함께 예의를 갖춰 대답했다. 다른 직원들도 차례로 자기소개를 했지만 내 머릿속엔 당신의 이름만 계속 맴돌았다. 당신은 내게서 몇 걸음 떨어진 곳에, 꾸밈없는 자세로 서 있었다. 내가 이 나라에 처음 체류했던 시기의 첫날 이후로 몇 해 동안 그렇게도 찾았던 당신이.

*

　그때는 복잡한 시기였다. 여기까지 오기 위해 비행기를 탔을 때도 몇 번이나 기착해야 했다. 직선 거리는 그리 멀지 않지만, 여러 국가에서 하늘길을 닫는 바람에 비행기가 우회한 탓이다. 기름을 넣기 위해 아무 기착지에서나 멈추기도 했고, 그때마다 두세 시간이 지난 후에야 이륙 허가가 떨어졌다.

　대부분의 승객과 마찬가지로 그때 나는 한 번도 비행기를 타본 적이 없었기에 이륙할 때 느꼈던 불안감을 아직도 기억하고 있다. 비행기가 두꺼운 구름층을 지나갈 때나 구름을 벗어나 갑자기 하늘이 나타났을 때 놀랐던 것도 기억난다. 나는 비행기의 둥근 창문 밖으로 광활하게 펼쳐진 여러 푸른 색조에 감동했었다. 하늘에서의 시간은 땅에서와 다르게 흘러갔다. 하늘에서 맞이한 낮과 밤은 더는 지

상에서와 같은 역할을 하지 않았다. 태양이 진 후에 일단
유리창 덧문을 내리면 기내 전체가 인공조명 안에 잠겨버
렸고, 다리가 뻣뻣하게 마비되며 시간마저 그대로 굳어버
리는 느낌이었다. 공기 중에는 다양한 냄새가 떠다녔다.
인스턴트 음식물 냄새와 데운 알루미늄 용기 냄새, 담배
냄새. 그리고 무엇보다도 여행이 길어짐에 따라 더 분명히
감지되는 승객들의 온갖 체취……

마지막 기착지에 착륙했을 때는 한 승객이 비행기에
서 나가겠다고 고집을 피우기까지 했다. 보통 안전상의 문
제로 허락되지 않는 일이었다. 그러나 두 번째 승객에 이
어서 세 번째 승객까지 자기들도 나가겠다며 합류하자, 눈
에 띄게 지친 승무원들은 결국 양보하고 말았다. 그러자
거의 모든 승객이 기내와 화물 하역장의 연결 트랩으로 내
리기 위해 일어섰다. 내가 밖을 향해 머리를 내미는 순간
모래바람이 내 얼굴을 후려쳤다. 하역장 바닥과 사방을 둘
러싼 사막밖엔 아무것도 보이지 않았다. 멀리 보이는 모래
언덕들은 거무칙칙하고 우울한 잿빛이었다. 승객 모두 아

무 말도 하지 않았다. 그 드넓은 풍경 속에서는 말조차 미처 발설되기도 전에 삼켜져버리는 것 같았다.

우리는 다시 기내로 올라갔고, 비행기는 다시 이륙했다. 기내의 침묵은 이전보다 더 무거웠다. 나는 마지막 비행시간을 졸았다 깼다 하면서 보냈다. 주위의 다른 승객들도 지칠 대로 지친 표정이었다. 몇 시간 후에 드디어 비행기가 목적지에 도착했을 때 승객들은 한 줄로 서서 내렸다. 그동안 승객들 사이에 어떤 친밀함이 생긴 듯했다. 하지만 일단 공항으로 들어서자 우리는 간략한 인사 하나 주고받지 않은 채 뿔뿔이 흩어졌다.

나는 시내로 들어가는 버스에 올라 운전기사 뒤에 자리 잡고 배낭을 무릎에 올려놓았다. 내 여행 가방이 가볍다는 사실에 새삼스레 놀랐다. 그래도 그 가방 안에는 체류 기간 동안 필요한 모든 게 다 들어 있었다. 그토록 가벼운 가방 하나만 달랑 갖고도 내 나라와 가족, 과거를 떠날 수 있음을 받아들이기 위해서는 시간이 필요했다.

차창 밖으로 풍경이 빠르게 지나갔다. 내가 온 곳보다 나무들이 더 홀쭉하고 날씬했다. 말라붙은 나뭇잎들이 가지에 간신히 매달린 것처럼 보였다. 어디에나 눈이 쌓여 있었다. 도로 위에도, 자동차 위에도, 그리고 지붕 위에도. 버스가 시내에 도착했을 때 문을 연 상점은 하나도 보이지 않았고, 거리를 지나는 사람도 거의 없었다. 이곳이 유령도시이며, 이 도시에 있는 동안 나 자신도 유령이 될지 모른다는 생각이 들었다. 그리고 곧이어 어쩌면 이미 나는 유령인지도 모른다고 생각했다.

다른 승객들은 어느새 버스에서 모두 내렸고, 버스 안에는 운전자와 나밖에 남지 않았다. 나는 운전자가 외국인을 이처럼 가까이 본 적이 없었나 보다고 추측했다. 룸미러를 통해 규칙적이고 끈질기게 나를 쳐다봤기 때문이다. 한번은 그가 나를 바라보며 뭐라고 말을 건네기도 했지만, 아직 이곳 언어를 알아듣지 못했기에 그저 당황하여 고개를 끄떡이기만 했다. 난 황급히 다음 정류장에서 내렸다.

나는 옳은 방향으로 가고 있는지 어떤지도 모르는 채 그냥 눈 속을 걸었다. 큼지막한 눈송이가 잠깐 사이에 내 뒤에 남은 발자국을 덮어버렸다. 앞도 뒤도 옆도 모든 게 새하얬다. 도로는 여전히 드넓고 황량하기만 했다. 이 하얀 세계에서 나는 겨우 하나의 점에 지나지 않았다. 어떤 좌표도 없는 허공 한가운데 찍힌 보잘것없고 우스꽝스러운 평범한 점 하나. 숙소에 도착한 것은 해 질 무렵이었다. 내가 처음으로 당신을 보았던 곳이 바로 거기였다.

당신은 그 건물 입구에서 몇 미터 떨어진 곳에 있는 메마른 분수대 가장자리에 앉아 있었다. 당시 몹시 피곤한 상태였는데도 당신의 얼굴을 보고 당신이 궁금해졌다. 당신의 시선 속에는 분명히 내가 잘 아는 어떤 것이 서려 있었지만 그게 뭔지는 정확히 알지 못했다. 당신은 넋을 잃은 표정으로 주위를 둘러봤다. 마치 자신이 어디에 있는지 도무지 모르겠다는 듯이.

당신 앞을 지나면서 난 당신의 꾹 다문 입술과 뾰족한

코, 추위로 붉어진 두 뺨을 보았다. 그런데 바로 그때 별안간 당신이 털썩 쓰러졌다. 마치 내가 지나가길 기다렸다가 쓰러지려고 마음먹기라도 한 것처럼.

그 장면이 어찌나 비현실적이었던지 무슨 일이 일어난 건지 인식하기까지 잠시 시간이 걸렸다. 당신은 분수대 옆 땅바닥에 쓰러져 누웠고, 얼굴 위로 눈송이들이 하염없이 떨어졌다. 나는 당신 옆에 무릎을 꿇고 말을 걸면서 당신을 가볍게 흔들었지만, 당신은 완전히 의식을 잃은 상태였다. 하는 수 없이 당신을 일으켜 세워 두 팔로 안은 다음 도움을 구하려고 숙소 건물의 현관까지 갔다. 당신의 몸무게까지 더해진 내 다리가 눈 속에 푹푹 파묻혔다.

건물 안에는 빛이라곤 거의 없었다. 경비실도 비어 있었다. 나는 눈앞에 있는 복도로 들어갔다. 거의 모든 문을 두드렸지만, 아무도 나타나지 않았다. 어디선가 이제껏 맡아보지 못했던 음식 냄새가 났다. 그 냄새는 곧 당신 몸에서 나는 샴푸 냄새, 비누 냄새와 뒤섞였다. 당신 두 뺨에 떨어졌던 눈송이가 순식간에 녹아내렸다.

나는 끝내 잠기지 않은 방을 찾았다. 아무도 없는 빈 방이었다. 그곳 침대에 당신을 눕힌 다음 귀를 기울였다. 숨소리는 약했지만, 그래도 규칙적이었다. 단순히 잠을 자는 것 같았다. 난 침대 머리맡에 있는 전등 빛에 비추어 당신의 얼굴을 살폈고, 당신이 나와 같은 곳에서 왔을 거라고 생각했다. 이유는 모르지만, 너무나 분명해 보였다.

그리고 나는 지쳐 잠들고 말았을 것이다. 잠에서 깨고보니, 나는 침대 옆 바닥에 웅크린 자세로 누워 있었다. 방엔 나 혼자뿐이었다. 창문으로 다가가 캄캄한 밤하늘에서 소리 없이 떨어지는 수천 개의 눈송이를 바라봤다.

*

그 첫 번째 체류는 원래 몇 개월만 예정되어 있었으나, 나는 결국 삼 년을 머무르고 말았다. 그 삼 년 동안 공부에 집중하며 그 방에 살았다. 돌아보면 처음 예상보다 나를 더 오래 그곳에 머물게 만든 건 언젠가는 당신을 다시 볼 수 있을 거라는 희망이었던 듯하다. 매일 밤 숙소에 돌아올 때면 처음 이곳에 도착하던 날처럼 분수대 가장자리에 앉아 있는 당신을 보게 되길 기대했었다. 막상 당신을 만나면 뭘 해야 할지, 무슨 말을 해야 할지도 몰랐지만……. 그러나 당신을 다시 보는 일은 없었다. 당신은 증발해버렸다. 마치 처음부터 존재하지 않았던 사람처럼. 시간이 흐르자 내 기억, 그 장면이 정말 있었던 건지 의심마저 들었다. 아마 환각을 보았던 모양이라고 생각했다. 거기 도착하기까지 너무 긴 여행을 한 탓에 피로가 쌓여서 정신착란에 걸렸던 거라고.

삼 년이 지나 고국으로 돌아갈 때는 도착했을 때보다 더 짐이 많아졌다. 책과 옷, 노트, 서류, CD, 벼룩시장에서 산 이런저런 것들. 나는 꽤 많은 물건을 버리고, 나머지는 소포로 부쳤다. 하지만 처음 출발할 때 갖고 있던 배낭에다 담기엔 여전히 너무 많은 것들이 남아 있었다.

고국으로 돌아가자 여러 상황이 꼬리에 꼬리를 물고

빠르게 이어졌다. 나는 행정고시를 통과하고 일자리를 찾았으며 탄탄한 경력을 쌓아갔다. 이어서 결혼을 했고 집을 샀고 두 아이를 낳았다. 오점 없이 삼십 년의 세월이 훌쩍 흘러갔다. 나는 당신을 애써 떠올리지는 않았으나, 그렇다고 당신을 완전히 잊은 건 아니었다. 당신에 관한 불명료한 기억이 어딘가에 분명히 자리하고 있었고 가끔 그 기억이 표면 위로 올라올 때도 있었다. 하지만 이곳으로 발령이 났을 때, 당신을 우연히라도 다시 만나게 되리라곤 상상도 하지 못했었다.

　지금 난 대사관에서 당신이 속한 부서를 지휘하고 있다. 우리는 서로 예의 바르게 거리를 유지하고 있다. 난 감히 당신에게 묻지 못했다. 당신이 의식을 잃었던 삼십 년 전의 그 겨울밤을 기억하느냐고. 나는 회의 중에는 행정적 언어로 말하는 당신의 목소리를 주의 깊게 들었고, 복도나 사무실 등 다른 곳에서 마주칠 때면 당신의 작은 손짓, 몸짓을 유심히 살피곤 했다.

Einmal

*

다시 겨울이다. 우리 둘은 지방으로 출장을 떠난다. 밤 기차를 타고 가서 하루를 보낸 뒤 다음 날 밤에 돌아와야 한다. 12월 31일, 열차 객실은 대부분 텅텅 비었다.

우리 칸에 도착하자, 당신은 아무 말 없이 사다리를 타고 위층 침대로 올라간다. 나 역시 아무 말도 하지 않는다. 내가 객실 등을 끄자 당신 옆의 작은 등이 켜진다. 당신이 책을 읽는 중일 거라고 상상해본다. 나는 간이침대 위에 앉아 차창 밖으로 고개를 돌렸지만 차창에 비치는 내 모습뿐, 바깥 풍경은 아무것도 보이지 않는다. 바보 같은 표정으로 앉아 있는 중년 남자의 모습.

몇 시간 후, 승객들이 새해를 앞두고 카운팅을 시작했다. 그들의 흥분은 12시 정각에 최고조에 이르렀다가 곧 가라앉았다.

우리 객실엔 침묵만이 존재한다. 마치 새해 첫날이 우리 객실 안엔 아직 들어오지 못한 것처럼, 마치 이곳에선

시간이 화석이 되고 만 것처럼 우리는 열차의 다른 부분들
과 완전히 동떨어져 있다. 승객들의 소란한 소리가 차츰
멀어진다. 얼마 후에 당신이 불을 끈다. 나는 어둠 속에서
사방으로 흩날리는 눈을 바라본다.

느지막이 잠들었다가 눈을 떴을 때는 이미 날이 밝은
후였고, 목적지에 이르기 직전이었다. 우리는 교민들 연말
모임에 참석하러 온 것이었고 나는 연설을 하기로 되어 있
었다. 우리는 야간열차를 타고 오느라 몹시 지친 몸을 이
끌고 이 모임을 위해 예약한 연회장에 간신히 제시간까지
도착할 수 있었다.

그곳에 도착한 나는 참석한 사람 대부분이 고국의 사
람들보다 더 두껍고 창백한 피부를 갖고 있다는 사실을 깨
닫는다. 추위와 바람이 그들의 신체를 변화시켰을 것이다.
게다가 표정 또한 이 나라 사람들만큼이나 진지하고 엄격
하다. 식사하기 전, 참석한 거의 모든 사람이 우수에 젖은
옛날 사랑 노래를 흥얼거리기 시작한다. 그 노래는 묘하게

도 이 자리에 꽤 어울린다. 나는 그들의 발음이 여기서 매일 사용하는 언어로 인해 약간 변했다는 걸 알아차린다. 노래 탓인지 온 방 안에 슬픔의 물결이 퍼져간다. 전통 음식은 그 지역 재료로 준비되었지만, 난 요리의 맛을 제대로 느끼지 못한다. 뭔가 중요한 게 빠진 듯하다. 하지만 아무도 그 때문에 기분이 상한 것 같지는 않다. 당신과 나, 우리 주변의 사람들이 모두 술을 마시고 노래를 한다. 그들은 고향 생각을 한다.

우린 오후가 끝날 무렵에 연회장을 떠난다. 거리가 어찌나 고요한지 눈 내리는 소리까지 들리는 듯하다. 밤이 도시를 곧 집어삼킬 채비를 하고 있다.

우리가 탈 기차가 출발하기까지 아직 몇 시간이 남았다. 내가 농담 삼아 당신에게 말한다. 어쨌든 오늘이 새해 첫날이니, 마땅히 멋진 레스토랑에서 새해를 축하해야 하지 않겠느냐고. 당신은 고개를 끄떡이는 것으로 대답을 대신한다. 그러나 거리엔 문을 연 식당이 보이지 않는다. 거의 역 근처까지 가서야 평범해 보이는 작은 초밥집 하나를 발견한다. 우리는 잠시 망설이다가 문을 밀고 들어간다. 실내의 네온 불빛이 차갑다 못해 거의 푸르스름해 보인다. 손님은 우리뿐이다. 주방장과 웨이터가 텔레비전에 시선을 고정한 채 구석에 앉아 있다. 그들 역시 외국인들이다. 스피커에서는 조금 전 우리가 들었던 노래만큼이나 구슬픈 노래가 흘러나온다. 몇 분 후에 주방장이 굼뜨게 일어나더니, 계속 화면에 시선을 둔 채 우리에게 차림표를 갖다 준다. 날림으로 코팅한 차림표 페이지가 내 손가락에 달라붙는다.

사진에 나온 요리들은 그리 식욕을 당기지 못한다. 참치 살이 붉은색보다는 갈색에 가깝다. 주방장이 우리가 주문한 음식을 준비하는 동안, 나는 벽면 전체를 두르고 있는 거울에 비친 내 모습을 아무 생각 없이 바라본다. 이제 내 머리카락은 검은색보다 흰색과 재색이 더 많다. 내 눈은 탁하고, 얼굴은 경직되어 있다.

웨이터가 요리를 가져오고, 우리는 백포도주를 홀짝

거리면서 생선회를 씹는다. 썩 좋은 포도주는 아니지만 그럭저럭 회를 넘길 수 있게 도와준다. 나는 당신에게 처음 이 나라에 왔던 때가 언제냐고 묻는다. 당신은 너무 오래되어 정확히 모르겠다고 대답한다. 나는 다른 질문도 하고 싶다. 이곳에 온 이유와 그리운 가족이나 친구들이 있는지. 또 여기 기후가 너무 혹독하지는 않은지……. 하지만 난 그 모든 질문을 포도주와 함께 삼켜버린다. 알코올이 천천히 목구멍을 타고 내려가 배를 따뜻하게 감싼다.

식사가 끝나자 웨이터가 다가와서 말한다. 새해라서 평소보다 식당 문을 조금 일찍 닫으려 한다고. 우리 머리 위에서 네온 불빛이 가볍게 떨린다.

우린 역으로 들어가서 대합실 벤치에 앉는다. 난방을 거의 하지 않아서 숨을 내쉴 때마다 하얀 연기가 뿜어진다. 몇몇 여행자들이 커다란 짐가방에 기대어 졸고 있다. 한 벤치 밑에 웅크린 떠돌이 개 한 마리가 보인다. 이 여행객들 옆에서 우리는 불청객이 된 것만 같고, 우리가 여기 있다는 것이 이상하고 부당하게까지 느껴진다.

　나는 외부의 시선으로 우리를 바라본다. 벽의 페인트 칠이 다 벗겨진 추운 대합실에서 을씨년스러운 조명 아래 우리 둘이 앉아 있는 이 장면이, 논리적인 전개라곤 전혀 없이 뒤죽박죽인 영화 속 장면처럼 보이지 않을까……. 우리 주위엔 여행자들과 개 한 마리가 있고, 밖에는 하얀 눈과 멀리 존재하는 도시와 이 낯선 나라가 있다. 새해가 막 시작되고 있다. 난 설명할 수 없는 행복감에 휩싸여 있음을 느낀다.

　그때 개가 꿈을 꾸는지 조그맣게 끙끙대는 소리가 들린다. 무슨 꿈을 꾸는 건지 궁금하다. 개는 고개를 조금 치켜세우는가 싶더니 곧 다시 앞발 사이로 고개를 파묻는다.

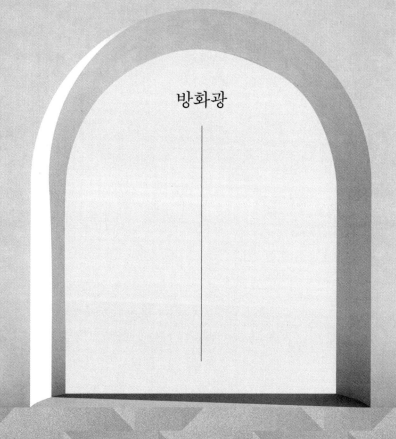

Pyromane

방화광

밤이면 나는 이 건물의 꼭대기에서 도시를 관찰한다.

내가 보는 것, 그것은 바로 빛이다. 가로등 불빛과 네온 불빛, 신호등 불빛, 자동차 헤드라이트, 여기저기 위치한 거대한 스크린에서 작렬하는 플래시들. 때로 생기 없이 흔들리고, 때로 너무 눈이 부셔서 제대로 볼 수 없는 도시의 불빛들.

사람들도 보인다. 아니, 사람이라기보다는 인간 형태를 지닌 유령들이다. 가끔 그들은 빛을 반사하거나 빨아들이고, 또 가끔은 그 빛 속에서 사라진다.

건조하고 살을 엘 듯이 추운 날씨다. 추위가 가혹해서 살과 혈관, 생각마저 예리하게 벼리는 듯하다.

오늘 밤, 나는 운이 좋다.

*

아침마다 나는 동트기 전부터 일어나 전철역으로 향한다. 어둠 속에서 가로등이 여전히 빛나고 있다. 새벽에 행인보다 더 자주 마주치는 건 떠돌이 개와 길고양이, 쥐들이다. 녀석들은 사람이 없어서 한적한 도로를 안심하고 느긋하게 활보한다. 마치 도로가 자기들의 것인 양⋯⋯. 새벽 첫 햇살이 차츰 어둠을 뚫고 나타난다. 신비하고 깊은 푸른색이 잠든 도시를 부드럽게 에워싼다.

나의 하루가 제대로 시작되는 건 전철 안이다. 첫차에는 주로 출근하거나, 밤새 일하고 집으로 돌아가는 이주민들이 타고 있다. 그들의 얼굴엔 피로가 땀으로 짠 면사포처럼 덮여 있다. 짙은 안색의 사람들은 평소보다 더 침울해 보이고, 옅은 안색의 사람들은 더 창백해 보인다. 밤새도록 술을 마신 게 한눈에 티가 나는 사람들도 있다. 알코올 효과가 떨어지고 나면 그들의 시선은 씁쓸하고 공허하기 이를 데 없다. 여자들의 화장도 거의 지워진 상태다. 이들이 바라는 건 오직 하나, 집으로 돌아가는 것뿐이다. 열차 안은 청소용품 냄새가 어제의 냄새와 밤을 지새운 승객들의 숨에 뒤섞인다.

그다음에는 하나같이 무채색 정장을 입은 사람들이 대거 열차에 올라탄다. 이들에게서 피어오른 샴푸와 샤워젤 냄새가 진한 시럽처럼 열차 안에 퍼져나간다. 아침이 시작될 무렵 미어터지는 전철 안에서는 아무도 입을 열지 않는다. 수많은 군중 속 사람들은 각자 고립되어 있다. 자기 의무를 아무 생각 없이, 그 무엇보다 기계적으로 이행할 뿐이다.

나는 어떤 역에도 내리지 않는다. 종착역에 도착해도 자리에서 움직이지 않은 채 열차가 다시 반대 방향으로 떠나기를 기다린다. 누가 나더러 내리라고 강요하면 하는 수 없이 내려서 플랫폼을 돌아다니며 자판기 아래쪽 작은 금속 뚜껑 문을 슬쩍 밀어, 혹시라도 승객들이 가져가지 않은 잔돈이 없는지 찾는다. 끼니는 플랫폼에 있는 쓰레기통에서 찾아낸 것들로 해결한다. 샌드위치 조각이나 먹다 남은 사과, 구겨진 봉지 안에 들어 있는 감자칩 조각 같은 것들…… 검게 변해버린 질긴 바나나 껍질은 씹을수록 혀에 쌉싸름한 맛을 남긴다. 김이 다 빠진 미지근한 콜라와 먹다 남은 커피도 마신다. 종이컵 밑바닥에 굳어 있는 설탕을 핥기도 한다.

열차 안은 춥지도 덥지도 않고, 건조하지도 습하지도 않다. 열차 안의 시간은 인공적으로 흘러가고, 어디에나 항상 존재하는 빛이 바깥세상을 잊게 만든다. 전철이 내 몸을 계속해서 흔들어주는 것과, 내가 전혀 노력하지 않아도 어디론가 데려다주는 게 고맙기만 하다. 피로가 덮치면 나는 쉽게 잠에 빠진다. 흔들리고 덜컹거리는 의자에 웅크리고 앉아, 바다 한가운데에서 쪽잠을 자는 고독한 선원이 되어 모험을 하는 상상을 한다. 넘실거리는 파도가 때로는 나를 위협하면서도, 때로는 요람 속 아기를 흔드는 것처럼 편안하게 재워준다.

출근 시간 이후에는 온갖 승객이 줄줄이 이어지고 뒤섞인다. 고등학생과 대학생, 은퇴 이후 그날그날의 일거리에 열중하는 노인, 박물관이나 동물원, 식물원으로 야외 수업을 하러 가는 아이들과 목적지에 이르기도 전에 벌써 지쳐 보이는 인솔 교사, 커다란 가방을 들고 우르르 몰려다니는 여행객 그룹, 노동자, 청소부, 실업자……

겉으로 보면 이들은 모두 조금씩 달라 보이지만, 실제로는 완벽하게 한결같다. 그들은 규칙을 따라 살아가기 때문이다. 나는 오래전부터 따르지 않고 있는 그 규칙을. 그들은 매일 씻고, 먹을 걸 사고, 자기 침대나 연인의 침대에서 잠을 잔다. 그들은 직장에 가고, 거기서 돌아오고, 사람들을 만나 대화한다. 미소 짓고, 크게 웃고, 뭔가를 좋아하고, 사랑을 나누고, 가끔 이제 더는 못하겠다고 툴툴거리고, 격하게 화를 낸다. 이따금 그들을 보면서 한때 나도 그들 속에 섞여 살던 시절을 떠올리기도 한다. 전생의 기억처럼 혼란스럽고 가물거리는, 오래전의 이야기다.

나는 그들 대부분을 도망가게 만든다. 그들은 예의를 차리느라 내 앞에선 절대 인상을 찌푸리지 않지만, 나는 그들이 고개를 들 때 나에게서 나는 냄새 때문에 당황하며 무의식적으로 찡그리는 눈썹을 종종 발견한다. 간혹 시선이 교차하기도 한다. 아이, 청소년, 사무원, 은퇴자, 그들은 순식간에 내게서 멀어져간다. 하지만 난 그들이 나쁘다고 보지 않는다. 그들도 당연히 숨을 쉬어야 하는데, 내게서 풍기는 냄새를 견딜 수 없을 뿐이다.

오래전, 어렸을 때 한 아이에게서 뭐라 말할 수 없는

혐오감을 느낀 적이 있었다. 그날은 학교에 간 첫날이었기에 책가방이며, 연필, 노트, 친구들 등 모든 게 새로웠다. 나와 다른 아이들은 모두 자리에 앉아서 선생님이 오기를 초조하게 기다렸다. 마침내 선생님이 나타났는데, 선생님은 첫눈에도 이상해 보이는 한 사내아이를 데리고 들어왔다. 그 아이는 끊임없이 큰 소리로 코를 훌쩍거렸다. 콧물이 턱까지 흘러내리고 있었다. 선생님이 자리에 가서 앉으라고 했지만 그 애는 움직이지 않았다. 그러자 선생님이 교실 안쪽의 한 자리를 가리켰다. 바로 내 옆자리였다. 그 애가 다가올수록 내가 느끼는 혐오감은 점점 더 커졌다. 크게 벌린 입과 얇은 막 같은 것으로 덮인 눈. 게다가 난 그 애가 코에서 흘러나온 끈적하고 더러운 액체를 핥는 걸 보고 말았다. 그 애가 옆에 앉았을 때, 나는 얼른 몸을 돌리고 되도록 숨을 참으려고 애를 썼다. 도망치고 싶었다. 그 애 옆에 앉아 있다는 것, 그 애와 연결되었다는 사실이 부끄러웠다. 그 애가 나를 전염시킬지도 모른다는 생각에 두렵기도 했다. 가만히 있다가는 결국 그 애에게 물들 거

라는 생각이 들었다. 나의 불안은 쉬는 시간에 절정에 이
르렀다. 선생님이 교실에서 나가자 나는 손에 들린 금속
샤프펜슬을 꽉 움켜쥐고 일어나서 그 애 뒤로 갔다. 머리
카락이 짧게 깎여 있어서 새하얀 두피가 그대로 드러나 있
었다. 샴푸 냄새까지도 느껴졌다. 그때 난 내가 뭘 하고 있
는지도 의식하지 못한 채, 샤프펜슬을 그 애 머리 위로 들
어 제일 부드러워 보이는 부분을 단숨에 찍어버렸다. 그
샤프펜슬은 이제 내가 샤프를 사용할 만큼 컸다고 엄마가
입학을 축하하며 사준 것이었다. 그 애는 소스라치며 몸을
떨었지만 아무 말도 하지 않았다. 샤프펜슬을 빼자 그 애
의 머리에 박힌 부러진 샤프심이 보였다. 그 애 머리 꼭대
기에서 피가 스며 나오는 게 보였다. 주위에선 아무도 눈
치채지 못했다. 다른 애들은 서로 수다를 떠느라 우리에겐
관심이 없었다. 종이 울리자 선생님이 다시 교실로 들어
왔다. 나는 아무 일도 없었던 것처럼 다시 그 애 옆에 앉았
다. 잠시 후에 옆에서 작은 소리가 들렸다. 곁눈질로 보자
그 애의 의자 다리를 타고 가느다란 오줌 줄기가 흘러내리

고 있었다. 시큼한 냄새가 코까지 올라왔다. 노란 호박색 액체가 졸졸 흐르며 내 신발까지 닿았고, 그것을 본 나는 소리를 지르면서 일어났다. 선생님이 다가와서 그 애를 데리고 교실을 나갔다. 몇 분 후에 선생님만 다시 혼자 나타나 마포 걸레로 작은 오줌 웅덩이를 닦아냈고, 그동안 다른 아이들은 키드득거렸다. 그 애는 다시는 학교로 돌아오지 않았다.

*

오늘 밤 막차 안에서, 한 남자가 내 앞에 앉았다. 다른 사람들과 달리 그는 나한테서 나는 냄새를 알아차리지 못한 것 같았다. 그는 앉자마자 옆에 케이크 상자를 내려놓고 곧장 고개를 까닥거리기 시작했다. 그렇게 순식간에 잠드는 남자는 여태껏 보지 못했다. 열차가 덜컹거려 머리가 유리창에 부딪혀도 그는 깨지 않고 계속 잤다. 조금 떨어진 자리에 술 취한 젊은이들이 킥킥대는 것도 아랑곳하지 않았다. 모든 감각이 마비될 정도로 몸이 피로에 절어 있었던 것 같다. 사무직에 종사하는 듯 짙은 양복을 입고 있었기에, 나는 그가 추가 근무를 몇 시간이나 했나 보다고 생각했다. 이십여 분쯤 지났을까, 그는 별안간 고개를 들고 눈을 떴다. 때마침 열차가 한 역에서 멈췄다. 다시 출발 신호가 울리는 순간, 그는 용수철처럼 펄쩍 뛰어 일어나더니 문이 닫히기 직전에 급히 뛰어내렸다. 그 남자는 의자에 케이크 상자를 덩그러니 남겨둔 채 뒤도 돌아보지 않고 플랫폼을 따라 멀어져갔다. 잠시 후 열차가 다시 출발했다. 내 시선은 케이크 상자에 계속 머물렀다. 그리고 얼마 후, 나는 케이크 상자의 작은 손잡이를 쥔 채 열차에서 내렸다.

매일 밤을 보내는 장소로 가기 전에, 나는 먼저 공사장에 설치된 이동식 화장실에 들렀다. 대부분은 자물쇠가 채워져 있지만 열려 있는 곳도 항상 몇 군데 있다. 최근 들어서는 열차 운행이 끝나고 내가 내리는 역 근처에 있는 화장실을 이용한다. 사무실 빌딩 공사장에 설치된 화장실이다. 그런데 평소엔 언제나 사용할 수 있던 화장실이 오늘 밤엔 문이 열리지 않았다. 맹꽁이자물쇠도 안 보여서 아마 다른 방식으로 잠갔나 보다 생각했다. 혹시나 해서 다시 문고리를 잡아당겼지만 역시 열리지 않았다. 몇 번 더 시도해본 후에야 그 안에 누가 있을 거라는 생각이 들어, 문에 귀를 바짝 갖다 대고 주의 깊게 들어봤다. 안에서 액체 흐르는 소리와 조금 둔탁하고 무거운 소리가 이어서 들렸다. 숨 쉬는 소리, 한숨 쉬는 소리도 들리는 것 같았다. 이런 장소, 이런 시간에 대체 누가 이렇게 침침하고 더러운 화장실을 사용하는 걸까 궁금해졌다.

몇 분 후에 문이 열리고 안에 있던 사람이 나왔다. 그도 나처럼 갈 데가 없는 자였다. 나는 아무 말 하지 않았고, 그 역시 말이 없었다. 즉각 서로를 알아보았고, 그래서 한마디도 나눌 필요가 없다는 듯이……. 그런데 내가 화장실을 사용하려고 다가가자 그가 조금 망설이는 표정으로 내게 속삭였다. 난 무슨 말인지 못 알아들었다는 표정으로 그를 돌아보았다. 그러자 그가 목을 가다듬고 조금 더 키운 목소리로 "냄새가 날 텐데, 미안하다"고 말했다. 나는 아무 대답도 하지 않고 화장실 안으로 들어가서 문을 잠갔다. 내게 말을 걸어오는 사람이 아무도 없어서 상대방에게 적절한 방식으로 대응하는 습관을 잃어버렸다. 나는 두 다리 사이에 케이크 상자를 놓고 바지를 내렸다. 그러고 나서 변기 위에 앉아 "냄새가 날 텐데"라는 말을 나지막하게 되풀이했다. 그의 냄새를 확인해보려고 여러 번 코를 킁킁대며 냄새를 맡아보았지만, 나의 악취가 모든 냄새를 지워버렸다. 나는 잠시 마음이 안정되기를 기다렸다. 어둠 속에서 내 배설물이 천천히, 슬며시 미끄러져 나왔다.

*

나는 버려진 채로 남아 있는 오래된 망루 꼭대기에서 밤을 보낸다. 그곳은 도시 한가운데 있지만, 이 꼭대기까

지 사람이 올라오는 일은 절대로 없다. 틀림없이 예전에는
이 망루가 주변의 어떤 빌딩보다 높았을 것이다. 그러나
지금은 여기보다 훨씬 높은 유리 빌딩이나 콘크리트 건물
이 주변에 즐비해, 보잘것없는 구조물이 되고 말았다. 이
망루는 더는 불도 켜지지 않고 지키는 사람도 없다. 오늘
날 도시는 폐허가 된 이 구조물을 어떻게 해야 할지 몰라
서 아예 잊기로 작정한 것 같다. 아무도 내가 여기 있는지
모른다. 아무도 나를 볼 수 없다. 난 도시 한가운데 있으면
서 동시에 모든 것에서 멀리 떨어져 있다. 밤의 어둠 속에
감춰진 채로.

　　계단을 걸어서 건물 꼭대기까지 올라간 후, 나는 한
구석에 있는 다른 물건들 사이에 케이크 상자를 내려놓았
다. 깔고 자는 두꺼운 종이 박스, 찢어진 모포, 짝 안 맞는
큼지막한 신발, 마실 물과 소변용의 커다란 플라스틱 물
병 두 개, 슈퍼마켓 쓰레기통에서 주워온 유통기한이 지난
통조림들, 기름통과 성냥갑들. 나는 아침 일찍 그곳을 나

서기 전에 이 모든 걸 커다란 판지 밑에 모아놓고, 그 위에 쓰레기나 폐허의 잔해물 같은 것들을 쌓아놓는다.

나는 망루 꼭대기에서 도시를 관찰한다. 주변의 거의 모든 건물 위에 설치된 거대한 스크린들에서 광고와 뉴스를 쉬지 않고 내보낸다. 그 스크린들이 꺼지는 법은 절대 없다. 오늘 밤 내 시선은 해변에 좌초된 향유고래 한 마리에 꽂힌다. 아직 살아 있는 듯했고, 주위엔 군중이 모여 있다. 향유고래는 스크린에서 스크린으로, 주변 고층 건물들을 타고 퍼져나간다.

고층 건물들 밑에 고속도로처럼 보이는 넓은 대로는 자동차 물결로 덮여 있다. 자동차들은 신호등이 빨간색으로 변하면 일제히 멈춰 섰다가, 초록색으로 바뀌는 순간 일제히 다시 출발한다. 인도와 건널목 위에선 보행자 물결이 똑같은 규칙을 따른다. 가끔 나는 빌딩 꼭대기에서 내가 그들을 조종하여 멈춰 서게도 하고, 다시 움직이게도 하는 듯한 기분을 느낀다.

문득 저 멀리 보도에서 한 노인의 실루엣을 발견한다. 그녀는 폐지와 빈 음료수 캔이 가득한 비닐봉지들을 산더 미처럼 쌓아놓은 수레를 끌고 가는 중이다. 두 팔이 어찌 나 말랐는지 뼈에 가죽을 씌워놓은 모양새다. 그녀는 기진 한 사람처럼 힘겹게 앞으로 나아간다. 그러나 자동차들과 바쁜 보행자들 옆에선 거의 꼼짝 않고 제자리에 있는 듯이 보인다.

조금 더 멀리에 한 남자가 보인다. 그는 행인들과 좀 떨어진 곳에서 바쁘게 손을 움직이고 있다. 차도에 바짝 붙다시피 선 그는 몇 미터 떨어진 곳에서 달려오는 자동차 들을 향해 폭죽을 던진다. 폭죽이 폭발하자, 빌딩 위에 있 는 내가 겨우 알아볼 수 있을 정도로 미미한 빛이 반짝거 리다 이내 사라진다. 별안간 그 남자가 폭죽 한 줌을 공중 으로 던진다. 곧이어 기관총이 연속으로 발사되는 듯한 소 리가 들린다.

여기저기서 흔들리는 불빛들이 보인다. 붉거나 하얀 점들. 바람이 미세하게 기중기를 움직인다. 왠지 한 기중기 위에서 누군가가 내 쪽을 향해 손을 흔들고 있는 듯하다. 나는 팔을 들어 대답할까 말까 망설이기만 할 뿐, 움직이지 않는다. 어쩌면 잘못 본 걸 수도 있다고 생각하면서 다른 데로 눈을 돌린다. 그러나 다시 기중기 위를 보니, 여전히 인간처럼 생긴 형태가 거기 있다.

자동차들과 보행자들의 물결, 재활용 쓰레기처리장에 가져다 팔 폐지와 고철을 가득 실은 수레를 끌고 가는 노인들, 깜박거리는 불빛들 혹은 유령들. 이것이 내가 밤마다 관찰하는 것들이다.

그러나 오늘 밤은 어쩐 일인지 도시의 실루엣, 고층 건물들, 심지어 공기까지 이전과는 전혀 다른 인상을 주는 것 같다. 게다가, 케이크가 있다. 나는 그 케이크가 하나의 신호, 뭔가를 알리는 신호라고 생각한다.

상자 앞으로 가서 웅크리고 앉아 조심스럽게 열어본다. 케이크 상자 안에는 새하얗고 매끈한 크림으로 덮인 크고 둥근 케이크가 들어 있고, 그 위에 **축 생일**이라고 적혀 있다. 상자 안쪽에 포장지에 싸인 몇 개의 양초가 있다. 나는 양초를 하나하나 세면서 케이크 위에 깊이 꽂는다. 하나, 둘, 셋, 넷……. 그러고는 일어나 성냥을 찾는다. 하지만 성냥갑이란 성냥갑은 모두 비어 있다. 나는 양초도 켜지 않은 케이크를 들어 올려, 불 없는 양초 따윈 아랑곳하지 않고 깊은 동굴에서 나오는 듯한 쉰 목소리로 생일 축하 노래를 부르기 시작한다. 누군가는 어디에서 케이크도 없이 생일을 축하하고 있을 것이다. 운도 없지.

손가락으로 한 조각을 대충 잘라서 한입에 쑤셔 넣는다. 케이크는 씹을 필요도 없이 금방 사르르 녹아버리고 만다. 크림이 목구멍을 따라 흘러가는 게 느껴진다. 두 번째 조각도 삼킨다. 이어서 세 번째 조각, 그리고 또 한 조각……. 그렇게 먹다 보니 어느새 케이크는 자취를 감추고 없다. 차가운 바닥에 양초들이 흩어져 있다. 나는 크림으로 덮인 손바닥과 달고 기름진 손가락을 핥는다. 그리고 무거운 배를 안은 채 바닥에 누워 눈을 감는다. 슬며시 잠이 든다.

꿈을 꾼다. 내가 예닐곱 살쯤인 것 같다. 엄마와 함께 있는데, 엄마와 나는 거의 내 키만 한 관목들이 양쪽에 죽 서 있는 길을 따라 걷고 있다. 엄마가 나를 약간 밀면서 조금 앞서 걷게 한다. 우리는 낮고 편평한 지붕이 있는 집 앞에 다다른다. 출입문이 활짝 열려 있다. 엄마는 문턱을 넘어설 때 머리를 부딪히지 않으려고 고개를 살짝 숙인다. 안에 들어가니 천장 낮은 거실에 한 늙은 여자가 바닥에 방석을 깔고, 등을 꼿꼿이 세운 채 앉아 있다. 엄마와 나는 그 여자 앞에 놓인 방석 위에 앉는다. 엄마는 그 여자에게 인사할 새도 없이 찾아온 목적을 설명한다. 내가 밤마다 이불에 오줌을 싼다고 알린 것이다. 노파는 엄마의 이야기를 들으며 나를 주의 깊게 관찰한다. 내 얼굴이 붉어진다.

엄마는 할 수 있는 모든 걸 해봤다고 말한다. 병원에도 가고 아동 심리상담가에게도 갔지만, 둘 다 도움이 되지 못했노라고. 잠자리에 들기 전에 음료수를 마시지 못하

게 하고 저녁 식사할 때만 작은 컵에 든 물을 마시게 했지
만 그것도 효과가 없었고, 야단도 치고 부드럽게 타이르기
도 해봤지만 모두 소용이 없었노라고. 한번은 너무나 화가
나서 나를 발가벗긴 후에 오줌에 젖은 팬티만 입힌 채 밖
으로 쫓아낸 적도 있다고 털어놓는다.

그 여자의 시선이 내게 고정되어 있다. 난 불편하기
짝이 없지만, 어쩔 수 없다. 그 여자의 시선을 피하지 않고
똑바로 마주한다. 마치 그 여자의 도전에 응하겠다는 듯
이. 잠시 후에 그 여자가 조심스럽게 입술을 떼고 중얼거
린다. 그건 불을 끄기 위해서야⋯⋯. 엄마가 무슨 의미냐고
묻고, 여자는 내게서 시선을 떼지 않은 채 다시 말한다. 이
아이는 불을 끄기 위해 오줌을 싸는 거야. 밖에, 도시에 있는
불 말이야.

한동안 엄마는 입을 딱 벌린 채 아무 말도 못 한다. 그
러다 어떻게 하면 나를 도와줄 수 있겠느냐고 그 여자에게
묻는다. 상대방은 즉각 대답한다. 이 아이가 해야 해. 이 아
이가 직접 불을 질러야 한단 말이지.

그 여자의 시선 아래 나는 점점 키가 자라고, 몸이 커
진다. 아이인 내 몸이 성인의 몸으로 변하더니, 계속해서
자란다. 천장이 가까워진다. 나는 천장에 머리를 박지 않
으려고 어깨를 웅크린다. 천장이 나를 짓누르기 직전, 꿈
이 끝난다. 나는 소스라치게 놀라며 일어난다.

*

내 머리맡에 웅크리고 있던 새 한 마리가 날개를 퍼
덕이며 물러선다. 비둘기들이 내 자리를 침범했다. 비둘기
중에는 살집이 많고 공격적인 녀석들이 있다. 발육이 영
신통치 않은 다른 허약한 녀석들은 불안한 표정으로 한 발
을 약간 절며 조심스럽게 돌아다닌다. 녀석들은 남은 케이
크 부스러기를 공략한 다음, 바닥에 굴러다니는 오래된 쓰
레기들마저 공격한다. 나는 작은 머리를 조심스럽게 앞뒤
로 흔들며 끄덕이는 녀석들을 바라본다. 한순간 녀석들을
흉내 낸다. 추위에 몸이 뻣뻣해진다. 다리를 마사지한 다

음, 일어나 도시를 보려고 난간으로 다가간다. 여전히 도시의 불빛들이 거기 있다.

문득 고층 빌딩 밑의 공터에서 어슬렁거리는 두 개의 그림자가 눈에 들어온다. 두 그림자는 움직이지 않고 멈춰 서서 각자 담배에 불을 붙인다. 담배를 빨아들일 때마다 두 개의 작은 빨간 점이 나타났다가 사라진다. 순간 흡연 욕구가 인다. 그들이 자리를 떠나면 얼른 꽁초를 주우러 공터로 내려가야겠다고 생각한다.

아내는 내가 담배 피우는 걸 좋아하지 않았다. 내가 담배를 피울 때마다 눈썹을 찌푸리며 담배는 건강에 나쁘다고 말했었다. 그러면 난 미소를 지으며 영혼에는 좋다고 대답했다. 훗날 그녀는 결국 내 곁을 떠났고, 지금 난 과연 내게 영혼이란 게 있는지 진지하게 자문한다. 영혼이란 걸 한 번이라도 가져봤던 적이 있는지, 언젠가는 갖게 될 날이 올 건지.

두 그림자가 사라지자, 나는 급히 계단을 내려가 그들이 담배를 피우던 장소로 간다. 나는 또 한 번의 행운을 맞

이한다. 불이 채 꺼지지 않은 꽁초를 발견한 것이다. 그것
을 조심스럽게 주위서는 입술로 가져가 천천히 빨아들인
다. 그리고 땅바닥에서 다른 꽁초들도 찾아서 주머니에 가
득 담고 빌딩 꼭대기로 올라간다.

*

　그 아이를 다시 보았다. 내가 샤프펜슬로 머리를 찍었
던 그 애. 어느 날, 전철 안에서였다. 긴 의자에 앉아서 반
대 방향으로 떠나는 건너편 열차를 무심코 바라보다가 거
기 있는 그 아이를 발견했다. 이유는 모르지만 틀림없이
그 녀석이라고 확신했다. 그는 서 있었다. 내 생각엔 누군
가에게 말을 하고 있었던 것 같다. 난 얼른 일어나 열차에
서 내리려고 했는데, 바로 그 순간 문이 닫혔고 난 그 문을
다시 열지 못했다. 나는 다시 건너편 열차를 돌아보고 창
문을 두드렸다. 당연한 일이지만 그는 내가 창문 두드리는
소리를 듣지 못했다. 내게 등을 돌린 그의 머리 윗부분 뒤

쪽 머리카락 사이에 빈 공간이 보이는 듯했다. 잠시 후에 열차가 다시 출발했다. 주변 승객들이 불안한 표정으로 나를 바라보고 있었다.

내가 꼼짝 않고 있어도 열차는 달린다. 내가 없어도 도시는 여전히 반짝거린다.

나는 주먹을 꽉 쥔다.

저 멀리 대로 위에 거대한 견인차가 끌고 가는 트럭 한 대가 보인다. 그 트럭이 지나갈 수 있도록 다른 차량이 자리를 비켜준다. 그 차가 점차 내 쪽으로 다가오자, 견인차 위에 반짝이는 검은 덩어리가 눈에 들어온다. 뭔지 모르지만, 줄로 꽁꽁 묶여 있는 듯하다. 그 순간 스크린에서 봤던 향유고래라는 걸 알아차린다. 고래는 미동도 하지 않는다. 모든 차량의 헤드라이트, 가로등 불빛, 스크린의 깜빡거리는 불빛이 고래의 피부를 비추면서 작은 무지개를

이룬다. 몇 분 후에 트럭은 터널 안으로 들어가고, 향유고
래도 사라진다.

*

이젠 꽁초도 하나밖에 남지 않았다. 영혼에 좋은 담배
꽁초.

담배의 끝은 언제나 불쾌감을 준다. 혀가 깔깔하고,
근질근질하다. 그럼에도 마지막 꽁초마저 피우기로 마음
먹는다. 곧 굉장한 볼거리가 시작될 것이다. 자동차 안에서
도, 보도 위에서도, 그리고 주변의 고층 빌딩들 안에서도,
사람들은 어디서든 모든 행동을 멈추고, 감탄하며 바라볼
것이다. 모두 그 모습에 완전히 마음을 빼앗길 것이다.

나는 석유통을 열고, 주변 쓰레기를 모아 그 위에 석
유를 붓는다. 내가 다가가자 비둘기들이 자리를 피하지만,
날아가진 않는다. 석유는 빈 케이크 상자와 바닥에 흩어진

양초, 종이 박스, 신발 등 내 모든 물건을 윤기 나게 만든다. 석유 냄새가 코를 기분 좋게 간질인다.

석유통을 비운 후, 나는 한 번 더 도시를 바라본다. 도시의 불빛들, 도시의 유령들. 문명화된 피조물들과 야만의 피조물들. 나는 마지막 담배 한 모금을 깊이 빨아들이고 담배꽁초를 바닥에 툭 던진다. 확 하고 순식간에 불이 붙는다. 밤이 순식간에 환하게 밝아진다. 이 불빛 때문에 더는 내일이 오지 않을 것 같다.

작가의 말

　이 글들은 한국을 떠난 후에, 그리고 나의 모국어인 한국어가 좀처럼 들리지 않는 곳에서 썼다.

　이 글들을 한국어로 쓸 수도 있었을까. 아무리 곱씹어 봐도 확신할 수 없다.

　나에게는 이 무겁고 어두운 이야기들을 하기 위해 좀 더 가볍고 밝은 언어가 필요했던 것 같다.

　그리고 그 당시 프랑스어는 나에게 그런 언어였다.

　문법과 단어의 뜻을 추상적으로 알고 있었지만, 프랑스어를 사용하며 살아낸 시간이 적었기 때문에 나와 언어

사이가 꽤 떨어져 있었다.

한국어의 단어 하나하나가 내 살갗에 붙어 있는 듯한 느낌이라면, 프랑스어와 나 사이에는 두꺼운 겹이 존재했다.

오해와 무지에서 비롯된 겹.

어떤 사람들은 그 겹을 불편해할 것이다.

하지만 나는 그 겹을 안전하다고 느꼈다.

이 이야기들을 하기 위해서.

나에게는 나와 언어 사이의 거리가 필요했다.

이 글들은 2015년부터 2017년까지 파리 제8대학교 문예창작과에 재학 중이던 때 쓰였다.

그 이후 퇴고를 거쳐 2020년에 프랑스에서 처음으로 출판되었다.

한국어 교정지를 다시 읽는데 매우 낯설게 느껴진다.

내가 외국어로 쓴 이야기를 다른 번역가가 나의 모국어로 옮긴 것을 읽는 것.

아마 이런 경험을 한 사람은 매우 드물지 않을까.

부담이 크셨을 김주경 번역가님에게 이 자리를 빌려
감사 인사를 드린다.

한국화

도시에 사막이 들어온 날

1판 1쇄 인쇄 2023년 7월 12일 **1판 1쇄 발행** 2023년 7월 19일

지은이 한국화 **옮긴이** 김주경
펴낸이 고세규
편집 이승현 정혜경 **디자인** 지은혜
마케팅 이헌영 **홍보** 반재서 이태린
발행처 김영사
주소 경기도 파주시 문발로 197(문발동) 우편번호10881
등록 1979년 5월 17일(제406-2003-036호)
구입 문의 전화 031)955-3100 **팩스** 031)955-3111
편집부 전화 02)3668-3270 **팩스** 02)745-4827 **전자우편** literature@gimmyoung.com
블로그 blog.naver.com/viche_books
트위터 @vichebook **인스타그램** @drviche
ISBN **978-89-349-5438-5 03860** 책값은 뒤표지에 있습니다.

비채는 김영사의 문학 브랜드입니다.